筆畫索引

香港書報語誤評說

香港書報語誤評說

莊澤義 編著

三聯書店（香港）有限公司

責任編輯　蔡嘉蘋
封面設計　陸智昌

中國語文小叢書

書　　名　香港書報語誤評説
編 著 者　莊澤義
出版發行　三聯書店（香港）有限公司
　　　　　香港域多利皇后街九號
　　　　　JOINT PUBLISHING (H.K.) CO., LTD.
　　　　　9 Queen Victoria Street, Hong Kong
印　　刷　陽光印刷製本廠
　　　　　香港柴灣安業街三號七樓
版　　次　2000 年 2 月香港第一版第一次印刷
規　　格　大 48 開 (105 × 165 mm) 196 面
國際書號　ISBN 962·04·1767·4
© 2000 Joint Publishing (H.K.) Co., Ltd.
Published & Printed in Hong Kong

自序

　　從事文字工作的人，必須具備有熟練運用文字、詞語、語法三個方面的能力。文字有筆畫可依，語法有規則可循；只要稍稍用心，便不難掌握。唯是詞語，數量浩如煙海，詞義變化萬千，非下苦功是不能擇用自如的。香港書報上的語誤，詞語應用方面的毛病，佔了大部分。

　　本書評說的，正是書報上「用詞不當」方面的病例。

　　這些摘自書報的病例，它們出自文人筆下，因而錯得有「水平」，有代表性；有些錯得特別「精彩」的，更是「可遇而不可求」。從語誤中學習，對於正確地理解和應用詞語，會有莫大的幫助。

　　本書在評說語誤時，力求從詞語的細微意義、情態色彩和使用習慣等方面，探討詞語應用的規範，指出引致語誤的原因。與我以往寫的同類書相比，本書的文字較為簡明，讀者只需花一兩分鐘時間便可以讀完一篇；而每讀完一篇，便解決一個問題，學到一點東西。

十多年前，當我把在《明報》「每日一詞」專欄所寫的文字結集出版時，語文學者程祥徽教授在《序〈每日一詞〉》文中稱它是「語義學著作」，那自然是溢譽之辭，令我汗顏；稱它為「語義學的初級讀物」，庶幾近之。

給三聯寫的這本《香港書報語誤評說》，也是屬於這類「初級讀物」。

十多年來，這類「初級讀物」，寫到《香港書報語誤評說》，已經是第八本了。

唉，讀者不厭我自己都厭了，應該是鞠躬下台的時候了。

後會有期。

莊澤義

1999 年 12 月

目次

一介

【語誤】

1.馬來西亞政爭發展到今天，安華由**一介**副總理，一夜之間變成可能要坐破牢底的階下囚，大馬辛苦營造的現代化亞洲小龍形象隨之而去。

2.曾司長……以**一介**高官身分，在海外對外國記者以如此坦率真誠的語言抨擊一家香港的大企業，恐怕形象受損的不止是香港電訊，而是整個特區。

【評說】

用於人的詞，最常用的是「個」和「位」。正如大家所知道的，「一個」比較隨便，「一位」則帶有尊敬的意味。

以「介」稱人，並不常見。「介」通「芥」，小草也。用「一介」稱人，帶有輕視的意味。因此，古人常以「一介」來表示自謙。

與「一介」搭配的名詞，常見的只有兩個：「一介書生」，「一介武夫」。

　　而上引兩例，卻是強調其中心詞的高貴身分，用「一介」甚不貼切。

　　改以「堂堂一位」（「一位」亦可省去），會好一些。

一半

【語誤】

有的國際學校表示，今年暑假所收到的入學申請比去年多了一半。

【評說】

「一半」只用於減少，如「比去年少了一半」。增加，要用「倍」，如去年入學申請100名，今年200名，就說「比去年多了一倍」；如去年入學申請100名，今年150名，則說「多了五成」。

一毛不拔

【語誤】

在**一毛不拔**的黃沙上行走，令人感到無比單調和寂寞。

【評説】

在先秦時代的「百家」之中，楊朱也是一家。

楊朱，人稱楊子。他主張「重在愛己，不以物累」，與墨子主張的「兼愛」完全背道而馳。

《孟子》指責主張「為我」的楊子極端利己，「拔一毛而利天下不為也」(拔身上一根毫毛來造益天下都不肯)。

「一毛不拔」的典故正是來自孟子的話。

「一毛不拔」的「毛」，指的是人身上的毫毛。

誠然，在古代漢語中，「毛」可以指禾苗、草木，「不毛之地」指的就是不長莊稼草木的地方。

但是，「一毛不拔」和「不毛之地」是意思完全不同的兩個成語。

「一毛不拔」只能用於形容人的吝嗇。

　　作者可能在下意識裏混淆了這兩個成語，這才
會造出以上的病句。

　　病句中的「一毛不拔」，宜改為「寸草不生」。

人士

【語誤】

　　各行各業都有可能被一些不法**人士**利用來欺騙急着找暑期工的青少年學生。

【評說】

　　「士」，即是讀書人。

　　舊時代行科舉制度，想當官的，唯有循着讀書這一途。所以，「書中自有黃金屋，書中自有顏如玉，書中自有萬斛粟」，可不是當笑話說的！

　　「萬般皆下品，唯有讀書高」。從以前「士農工商」的排列，我們就可以知道讀書人的地位是多麼崇高，多麼受人敬重。

　　知道了這個歷史事實，我們也便不難了解，為甚麼「士」會是一個對人的敬稱：男士，女士，人士、志士、烈士……

　　可以概括說一句，凡是帶「士」的稱呼，都有尊敬意味。

　　「人士」，只用於褒義，如：愛國人士、民主

人士。

　　搞非法活動的人，不可以稱他們「不法人士」。

　　叫他們「不法分子」吧。

人大

——

【語誤】

　　有港區**人大**表示，雖然中央未有示意，但港區**人大**可以繼續在港商討開展活動事宜，不應完全按兵不動。

【評説】

　　中國的憲法規定，「人民代表大會」是中國人民行使國家權力的機關。「全國人民代表大會」是中國人民行使國家權力的最高機關。

　　「人民代表大會」簡稱「人大」。全國人民代表大會簡稱「全國人大」。省級及省級以下的人民代表大會，有「省人大」「縣人大」「市人大」。

　　香港回歸中國以後，由於實行「一國兩制」，沒有產生「人民代表大會」（人大）這樣的行政機構。

　　但是，香港特區卻有參加全國人民代表大會的代表。參加人民代表大會的代表，簡稱「人大代表」，或者「人代」。

　　因此，香港特區有「人代」，卻沒有「人大」。

　　香港不少報紙弄不清楚「人代」和「人大」的區分，老是誤用「人大」來稱呼港區的人大代表。

人浮於事

【語誤】

現在，職位少，找工作的人士多，**人浮於事**，很難找到工作。

【評說】

「人浮於事」指機構中編制太寬，冗員太多，很多人坐領乾薪。如：「人事經理對編輯部人浮於事的情況十分不滿，準備在年底裁掉三成冗員。」

「人浮於事」之中的「人」必須是在職的；病例中把它理解為「求職的人」是錯誤的。

職位少而求職的人多，或可說是「僧多粥少」。

入木三分

【語誤】

最近市肆上物價飛漲，朝廷屢索進貢，引致各路州府大肆搜刮，刮得土深三尺，**入木三分**。

【評說】

「入木三分」的典故與中國歷史上最有名的書法家王羲之有關。

據唐代張懷瓘《書斷‧列傳‧王羲之》等古籍記載，王羲之七歲就已經寫得一手好字。晉元帝司馬叡時，王羲之已是名滿京師的書法大家，朝廷祭神時祝版上的文字都是晉元帝召他來寫的，當時他還未滿二十歲呢*！

後來，晉成帝司馬衍想更換祝版上的祝詞，吩咐木匠把王羲之原先寫的字跡削去。木工師傅費了好大的勁，還是沒能完全把原有的字跡削去，因為「筆入木三分」（字跡滲入木板竟深達三分）。

後世以「入木三分」讚揚字寫得好，文章做得好，也比喻見解深刻。

　　可是，用「入木三分」來形容搜刮的慘酷，便超出這個成語的使用範圍了。

- - - - - - - - - - - - - -

＊王羲之的生卒年份史書上記載互有出入。這裏據《辭源·修訂本》訂為公元303-361年。晉元帝在位(317-322)時，王羲之頂多才十九歲。

九霄雲外

【語誤】

陳近南一行日夜不停地奔馳,早就將身後的追兵拋到**九霄雲外**去了。

【評說】

「九霄雲外」形容極高遠的地方。在現代漢語中,它只用作「忘」「拋」的補語,表示「忘得無影無蹤」的意思。例如:

1. 黛玉聽了這話,不覺將昨晚的事都忘在九霄雲外了。(《紅樓夢》第28回)

2. 他老早把失戀的事拋到九霄雲外去了。(台灣《國語活用詞典》)

「九霄雲外」在使用習慣上不能指具體的距離。「將身後的追兵拋到九霄雲外」,是不符合這個詞語的使用習慣的。

力爭上游

【語誤】

　　陶大宇以萬梓良式演技演繹，集城中富豪性格於一身的二世祖，譚耀文則飾演一個不擇手段**力爭上游**的大陸新移民。

【評說】

　　五十年代中期，共產黨提出的「過渡時期總路線」是：「鼓足幹勁，力爭上游，多快好省地建設社會主義。」這段「十九字訣」經過共產黨這麼領讀了好幾年，十億人口無人不識「力爭上游」這個成語。

　　因此，也有很多人以為「力爭上游」是共產黨創造的政治術語。

　　不是。

　　這個成語乃出自清代詩人趙翼《閑居讀書作》：

　　「所以才智人，不肯自棄暴。力欲爭上游，性靈乃其要。」

　　上游，指江河的上流，比喻先進。力爭上游，
即是力爭先進；帶有明顯的褒義色彩。

　　譚耀文飾演的新移民是個大反派，用「不擇手
段力爭上游」顯然不妥。宜改為「不擇手段向上爬」
或「不擇手段以求飛黃騰達」。

也

—

【語誤】

1.曾鈺成說：「我親口向董建華說，不要期望政府提出的任何議案民建聯也支持，因為我們不是政府黨。」

2.房間裏有一個五十歲的男人、一個四十歲的男人和我，三個也是創作人。

【評說】

「也」和「都」，都是淺得不能再淺的虛詞。可是廣東人在該用「都」的地方，總是下意識地錯寫為「也」。

我們閩南人則是在該用「才」的地方，總是下意識地錯寫為「再」：「等到達目的地之後再吃乾糧。」

這種「地方病」，只要下筆時稍稍留意，便可避免。

下堂

【語誤】

　　1.崩牙駒被捕入獄，但卻令澳門的高官們人心惶惶，相繼**下堂**求去，籠中之虎，猶有餘威。

　　2.我是反動分子，自然唱反調，請董特首約滿**下堂**的理由，隨便説説也有十個。

【評説】

　　「下堂」是一個典故，出自《後漢書‧宋弘傳》。

　　宋弘是東漢光武帝的太中大夫（掌管議論的官員），封栒邑侯，為官清廉、正直，為當時的人所稱道。

　　光武帝的姊姊湖陽公主死了丈夫，看上了宋弘。光武帝為了替姊姊試探宋弘的意思，便問宋弘：

　　「諺言貴易交，富易妻，人情乎？」（俗話説，一個人當了官，結交新的權貴，就把舊時的朋友忘掉；一個人發了財，另娶個漂亮的二奶，就把元配

忘了，這是不是人之常情呢？）

　　宋弘回答説：

　　「臣聞貧賤之知不可忘，糟糠之妻不下堂。」
（我卻聽説這樣的一句俗話，一個人富貴了之後，貧
賤時候結交的知己不可以忘記，曾經共同患難的妻
子不可以拋棄。）

　　後來，「下堂」指離棄妻子或妻子要求離去。
而「下堂求去」則一定是指妻子要求離婚。

　　辭職不可以説「下堂」或「下堂求去」。

子曰

【語誤】

子曰：「一日三省吾身」。我們一定要謹記孔夫子的教導，每天起碼要反省三次。

【評說】

「一日三省吾身」雖然出自《論語》，卻是孔子的弟子曾子說的話。

《論語》主要是記錄孔子的言論，但偶爾也有記錄他的幾位得意弟子的言論。

引用古人的名言，一定要查證。不要凡是古人名言——例如孟子說的「富貴不能淫」和告子說的「食色，性也」——都是「子曰」，都「入」孔夫子的「數」。

還有，「一日三省吾身」的「三」並非實指「三次」，而指多次。

三教九流

【語誤】

「我反映廣大市民的意見，包括**三教九流**，反對終審法院的判決。」(知名人士表態)

【評說】

「三教九流」原先是實有所指的：三教指儒教、佛教、道教；九流指儒家、道家、陰陽家、法家、名家、墨家、縱橫家、雜家、農家。

「三教九流」最初是中性成語，用來泛指宗教、學術中的各種流派。

可是到了現代，「三教九流」的貶義色彩日漸濃烈，雖然不至於淪落到像「三姑八婆」那麼低俗，但是也近於江湖大佬口中的「三山五岳」，通稱江湖中各色各樣的人，明顯地帶有「邪味」。如果有人邀請你參加某個研討會，並且告訴你：

「參加這次集會的，都是來自海峽兩岸三教九流中的首領人物。」

不把你嚇得心臟病發？幾難矣！

　　上引例句的毛病，就出在誤將「三教九流」當成中性成語使用。

　　把「三教九流」改為「社會低下階層」可能會貼切一些。

大書特書

【語誤】

　　語言夾雜外語的現象不但十分普遍，而且這種現象本身也不是甚麼了不起的事情，用不着我們**大書特書**。

【評説】

　　「大書特書」是個褒義詞，它的賓語一定要是好人好事。例如：「中國人民在近百年來為了反抗外來侵略所作的英勇鬥爭，值得史學家們大書特書。」

　　病例中所指的是「語言夾雜外語的現象」，句中的謂語最好改為「小題大做」；「大書特書」用在這裏並不恰當。

方圓

【語誤】

　　鄭伊健的膊頭左邊有一「撻」疤痕（種牛痘留下來的疤痕），**方圓**三吋乘一吋，明顯因年深月久，瘀黑漸退，已呈啞肉之色。

【評說】

　　「方圓」，即是範圍，周圍。

　　按照「方圓」的使用習慣，它所指的範圍，通常幾百里，最起碼也得十里八里。如：「這兒方圓一百里內，不見人煙。」

　　十丈八丈，就已經很難配得上「方圓」了。

　　三吋乘一吋的疤痕也用「方圓」？

　　別開玩笑啦！

心扉

【語誤】

關寶慧前晚拍戲被反應彈灼傷背部，到醫院救治後，仍痛入**心扉**。

【評說】

「扉」，音非；門也。

「心扉」，即是通向內心之門。如「輕叩妳的心扉」，「敞開妳的心扉，傾訴妳的心中情吧！」

形容感到極痛，不說「痛入心扉」，而說「痛徹心脾」。

不恥

【語誤】

1.**不恥**國人荒淫　英使辭官（報紙標題）

2.「賤」，有時候，還有點娛樂性，幹了些「大眾」**不恥**，「大眾」又愛看的事，還可以刺激報刊的銷路。

【評說】

病例1是一則新聞標題，內文說，英國駐西班牙小島伊維薩島的副領事，對前往該島度假同胞的行為不檢十分厭惡，終於忍無可忍，憤而呈辭。

根據內文看來，標題裏的「不恥」應該改為「不齒」才是。

「不齒」，不屑與之為伍＊，表示極端鄙視。

而「不恥」，意思是「不以……為恥辱」。如「不恥下問」，意思即是不以向學問和地位比自己低的人請教為恥辱。

新聞標題說「不恥國人荒淫」，意思就變成了「不以國人的荒淫行為為恥辱」，和作者的原意恰好

相反。

　　例 2 犯的毛病與病例 1 相同，「幹了些大眾不恥的事」應該是「幹了些大眾不齒的事」之誤。

　　把「不齒」錯為「不恥」，是書報上常見的語誤，宜多加留意。

_ _ _ _ _ _ _ _ _ _ _ _ _ _ _ _

＊「不齒」的「齒」在這裏做動詞用，意思是「有如牙齒同列在一起」。
　《現代漢語詞典》把「不齒」解釋為「不願意提到」（見《現漢》第 102 頁），疑誤。

不以為然

【語誤】

　　該名男子先用麻醉針刺她臀部，然後以極快的速度收藏注射針，再掏出圓規作掩飾，令受害者**不以為然**。

【評說】

　　「不以為然」和「不以為意」兩個詞語，以一字之差常被人們混淆。

　　「不以為然」意即「不認為是對的」，義近「不同意」。

　　「不以為意」意即「不放在心上」，義近「不留意」。

　　上引病例中的「不以為然」，應是「不以為意」之誤。

不安於室

【語誤】

1.當時籌委剛剛開展工作，政制永遠是最棘手的問題。八方最**不安於室**，日日打電話「嘈」草委，看看誰有新意思。

2.說真的，本人不是當老闆的材料，我是水瓶座中最懶散的一個，自由、任性、**不安於室**、不擅理財，還有，對一盤生意半點興趣也沒有⋯⋯

【評說】

「不安於室」是一個典故，不可以按字面解釋。

《詩經‧邶風‧凱風》：「衛之淫風流行，雖七子之母，猶不能安其室。」(衛國的淫蕩之風極盛，七個兒女的母親，還是不願在家安守婦道。)

古人早婚，生了七個兒女以後，還有不少人才三十多歲。三十多歲的女性，正當散發出誘人的成熟韻味的時候，「不能安其室」，古今皆然，一點也不奇怪。

後來，「不安於室」就專門用來形容已婚婦人不守婦道，在外面招蜂引蝶。

在屋子裏坐不住，不能說是「不安於室」。

不屑一顧

【語誤】

　　黃花道長對她們的話**不屑一顧**，四野無人，他要如何便如何。

【評説】

　　「不屑一顧」，連看都不願意看一看，相當於粵語的「冇眼睇」。例如：「他的眼光是一條直線，只看前面的，對於兩旁和後面的，則悍然不屑一顧。」

　　上引的例句，病在動賓搭配不當，與「話」搭配的動詞只能用「聽」或「聞」，而不能用「顧」。

　　這類「牛頭不搭馬嘴」的錯失，下筆稍稍用心，或寫完之後再仔細校正一次，當可避免。

不謀而合

【語誤】

　　繼北角的金殿大廈在 1 月 6 日發生釀成 2 死 50 傷的火災之後，觀塘的安興大廈 2 月 4 日也**不謀而合**發生了奪命怪火，造成 4 死 9 傷。

【評說】

　　「不謀而合」指事先沒有經過商量，意見和行動卻相同。

　　使用「不謀而合」，要留意「謀」字，「謀」是「商量」的意思。

　　因為唯有人才有思想，才能「謀」（商量），所以「不謀而合」的主語一定要是人。

　　上引例句中的主語是「大廈」，而大廈是不能「謀」（商量）的物件，因此，兩座大廈巧合地在不到一個月時間內先後發生火災，不能以「不謀而合」來形容。

天衣無縫

【語誤】

這位女影星在當年雖然知名度不高，但是她的背景、經歷和濃重的風塵味，同戲中主角簡直相似得**天衣無縫**，所以被張大導演挑選主演這部電影，並且一炮而紅。

【評説】

神話傳説，天上仙人的衣服是沒有衣縫的。「天衣無縫」常用作「結合」、「配合」等動詞的補語，比喻兩樣事物結合（配合）得十分完美自然，沒有一點點破綻。例如：

「白話的散文並不排斥文言中的用語，但必須巧為運用，善於結合，天衣無縫。」

上引病例以「天衣無縫」形容兩樣事物逼肖，則不是這個成語的職責所在。

病例或可改為：

「戲中主角的背景、經歷和濃重的風塵味，同這位女影星極為相似，仿如同出一人。這位在當年

知名度不高的女影星因此而被張大導演挑選主演這部電影，並且一炮而紅。」

　　或：「戲中主角的背景、經歷和濃重的風塵味，簡直像是按照這位女影星為原型來寫的。難怪這位在當年知名度不高的女星被張大導演挑選主演這部電影之後，一炮而紅。」

天花亂墜

【語誤】

1.求職信在行文方面，最好以簡單、直接為要，條理分明，字款不要**天花亂墜**，要有足夠的行距與視覺空間。

2.另據知，劉「師奶」在被問及會否接（傳聞被調京的）藍爺（的位）時，笑得**天花亂墜**，並指是「煲水新聞」。

【評說】

「天花亂墜」是一個典故，出自《景德傳燈錄‧令遵禪師》：「聚徒一千二千，說法如雲如雨，聽得天花亂墜，只成個邪說爭競是非，去佛法太遠。」

原來佛教中的禪宗，主張頓悟，不立文字。禪宗視語言為悟道的障礙，認為只有邪教才需要宣傳，才要用口舌騙人。《景德傳燈錄》批評有的佛教法師聚眾講經，說得「天花亂墜」，是偏離佛法的行徑。

後來，人們以「天花亂墜」形容言詞誇飾而不

切實際。「天花亂墜」是個貶義成語，義近「誇誇其談」。如「但憑推銷員在門外說得天花亂墜，屋裏的人只是不說肯要，也不說不肯要。」

「天花亂墜」所形容的對象只限於說話。「天花亂墜」不能用來形容字跡潦草或女子大笑。

形容字跡潦草，宜用「龍飛鳳舞」或「信筆塗鴉」，用「張牙舞爪」則帶點開玩笑的意味。

形容女子大笑，則不妨用「花枝亂顫」。

天羅地網

【語誤】

這次東涌房署地盤短樁事件，懷疑有人大灑金錢，上至工程經理，中至測試實驗所技術員，下至汽車司機，層層賄賂，簡直是**天羅地網**，若不是有人拒賄舉報，相信極難揭發。

【評說】

「羅」指捕鳥的網。

「天羅地網」，以天為羅，以地為網。指上下四方佈下的包圍圈，比喻對敵人、逃犯的嚴密包圍。例如：「警方早已在銀行四周佈下天羅地網，劫匪插翅難逃，唯有棄械投降。」

上引病例說的是行賄者的犯罪手法細緻縝密，滴水不漏，「天羅地網」用在這裏，用得不是地方。

日新月異

【語誤】

　　醫學界必須嚴密注視，加強研究，以對付**日新月異**的各種病毒。

【評說】

　　「日新月異」的意思是：每日每月都變新樣，形容發展迅速，成效明顯；義近「一日千里」。

　　「日新月異」是一個褒義成語，對所形容的事物含有讚揚意味。如：「如今電腦科技的發展月新月異，連一些電腦專業人士也常感嘆追趕不上。」

　　上引例句的錯誤，就在於不了解這個成語的感情色彩，用它來形容層出不窮、千變萬化的病毒，犯了「褒詞貶用」的毛病。

正法

【語誤】

某報國際版在一個顯眼位置上登了一張彩照，照片中有一群年輕人在毆打一個沒穿衣服的男子。圖片旁邊的説明文字是：「危地馬拉大學一批學生，在街頭捉到一名偷竊疑犯，將其脱清光毆打一番才交給警方。」

圖片上端的大字圖題是：

「就地**正法**」。

【評説】

古代官府在追捕窮兇極惡的罪犯時，往往下了死命令：或説「格殺勿論」，或説「就地正法」。「格殺勿論」的意思是把行兇拒捕的罪犯當場打死，而不以殺人論罪。「就地正法」的意思即是當場處決。

電影《林則徐》(在香港上映時改名為《鴉片戰爭》)有場戲，説林則徐奉旨南下禁煙，在廣東召見外商，申明清朝政府嚴禁販賣鴉片的活動：

「如有違令者，船貨充公，人即正法。」

「甚麼叫做正法？」有個外商問。

「正法，就是殺頭。」官員答他。

不錯，「正法」即是處以極刑：古時殺頭，現代則是槍決或打毒針，了結罪犯的生命。

只是當場毆打一頓，怎麼可以說是「就地正法」？

半推半就

【語誤】

當記者提到另一強勁後台TVB高層，陳妙瑛則**半推半就**地承認，此幕後高層正是坐鎮戲劇組第二把交椅的戲劇科高級經理×××。

【評說】

漢語中以「半……半……」格式組成的詞語頗為有趣。鑲嵌進這個格式的是兩個意思相反的字，表示兩種不同的性質或狀態同時存在。如「半文半白、半生半熟、半真半假、半醉半醒、半信半疑、半推半就」。

「半推半就」的含義，比起「半文半白、半生半熟、半真半假、半信半疑」等詞語更堪玩味。就字面上看，一半兒推辭，一半兒接受；而詞語的意思是明顯地向着「就」（接受）的這一邊傾斜。「推」是手段，「就」是目的。這個成語強調的是接受之時的惺惺作態。

例如《西廂記》寫崔鶯鶯私會張生，張生對她

「軟玉溫香」擁抱調情，鶯鶯則「半推半就，又驚又愛。」

又如《二刻拍案驚奇》寫程朝奉拿錢財賄賂李方哥，「李方哥半推半就地接了。」

必須留意，「半推半就」形容的，是具體可見的既推又就的動作。

上引的例句用它來形容說話時的神態，則不適宜。

這裏很難找個成語代替，只好這樣寫：「陳妙瑛假意辯解一番，終於承認⋯⋯」

正中下懷

【語誤】

　　這位歌星看起來很有個性，而且眼角還穿了一粒珠，**正中**現在這個「穿珠熱」**下懷**。

【評說】

　　「正中下懷」，意思是「正好符合自己的心意」。

　　或問：「正中下懷」的「下」字何解？

　　「下」在這裏是謙辭。表示對方地位崇高，所以謙稱自己的心意為「下懷」。

　　既然「下懷」指的是心意，那麼「下懷」的主語一定要是人。

　　「穿珠熱」是一種潮流，不是人，因而不可以說「正中穿珠熱的下懷」，只能說「正好迎合這『穿珠熱』的潮流」。

白頭偕老

【語誤】

祝賀你們二位夫妻恩愛，永結同心，百年好合，**白髮齊眉**。

【評説】

「白頭偕老」和「舉案齊眉」都是常用的新婚賀詞。

所謂「白頭偕老」，意為夫妻恩恩愛愛，直到兩人都成了白頭老人，此情不渝。

至於「舉案齊眉」，則是形容夫妻相敬如賓。傳說東漢時梁鴻與孟光結為夫妻，守貧高義。鴻因事過京師，作《五噫歌》。後避禍去吳，為人春米，既歸來，孟光為之備食，舉案齊眉（很尊敬地把裝盛食物的木盤舉到齊眉的高度）。

本地俗語常把「白頭偕老」和「舉案齊眉」雜糅在一起，誤作「白髮齊眉」。作為書面語，最好把它規範為「白頭偕老」。

年
一

【語誤】

　　茲訂於1999年3月10日（**年廿三**）晚上七時在北角敦煌酒樓三樓舉行福建××第一中學校友會春茗，敬希諸位校友出席。

【評說】

　　「年」指年節，在它後面跟上日期，特指春節前後的日子。例如「年廿八」，即是農曆十二月廿八；「年初八」，即是農曆正月初八。

　　從一般的使用習慣看，上述用法只限於春節前後十天。

　　上引例句中說的農曆正月廿三，習慣上已經不可以叫做「年廿三」了。「年廿三」，指的只能是農曆十二月廿三。

　　查過各種辭典，都未見寫明「年」的這項詞義及其使用上的規範，似應補出為宜。

在……下

【語誤】

在深圳逗留了六七日，這段日子，程輝又**在偶然下**認識了另一個女子。

【評說】

「在……下」是歐式表達，少用為佳。

如「在表姐耐心的勸說下，麗明終於放棄了移民的念頭。」最好說成「經過表姐耐心的勸說，……」

「在寫字樓同事熱心的幫助下，貨倉終於順利完成了年終盤點工作。」最好說成「多虧寫字樓同事的熱心幫助，……」

而上引的例句，把「程輝又在偶然下認識了另一個女子」說成「程輝又偶然認識了另一個女子」，不是更像中國人說的話嗎？

先父／先夫

【語誤】

1.當地政界人士一般認為，何××其實有能力壓住局面，加上**先父**何×的特殊背景，他應可、也是唯一可以穩坐第一把交椅的人。

2.胡××之女與**先父**友好煙草公司大王何××因××股權轉讓問題鬧翻。××前景何去何從，實在令外間關注。

3.×嫂昨日在陽明山莊的住所接見記者，提到與**先夫**×哥共同生活了三十年時，禁不住淌下淚來。

4.伍××姑娘洗抹墓碑，再獻上鮮花，跪在**先夫**墳前喁喁細語，大約逗留半個小時才離開。

【評說】

古人在書面上稱人和稱己，都有一套頗為嚴格、不可移易的規定。

例如，提及自己已故的長輩時，要在稱謂的前頭加個「先」字。稱呼自己已故的祖父為「先祖

父」，稱自己已故的祖母為「先祖母」；稱自己已故的父親為「先父」，稱自己已故的母親為「先慈」；稱自己已故的丈夫為「先夫」，稱自己已故的妻子為「先室」。

古人這一套繁瑣的表達習慣，在今天某些特定的書面語言中仍然沿用。

需要留意的是，以上這些冠以「先」的稱謂，只能用於自稱已故的長輩。當我們談到第三者已故的長輩時，不可以「庖代」該第三者的身份，而亂稱「先父」「先夫」。因為當你替人家稱「先父／先夫」的時候，讀者（或聽者）必然認定這個「先父／先夫」是你的「亡父／亡夫」了。

像上引的幾個例句，還是要老老實實改為：「他／她的亡父」，「她的亡夫」。

伎倆

【語誤】

　　1.作東道的中國學生各施**伎倆**，為各地選手表演國藝。

　　2.要用我的**伎倆**，去訓練寵物精英。（某卡通片主題曲歌詞）

【評説】

　　在現代漢語裏，「伎倆」和「手段」、「技藝」同義，但是帶有貶義色彩，如「鬼蜮伎倆」、「騙人伎倆」。

　　上引的兩個例句，都是誤將貶詞褒用。病例1的「各施伎倆」宜改為「各顯身手」，病例2的「伎倆」則宜改為「本領」。

伏法

【語誤】

　　1.亞洲電視台的「當年今日」以「林過雲**伏法**」為題，回述當年八月十七日「的士屠夫」林過雲被判處死刑的事件。

　　2.大富豪案的有關罪犯昨日在廣州**伏法**，五名首犯被槍決。

【評説】

　　「伏法」，犯法而被判處死刑。

　　從使用習慣來看，「伏法」不但是被判處死刑，而且一定要是已經執行了的死刑。

　　可是，正如大家所知道的，林過雲被判處的死刑並未執行。

　　死刑並未執行，不能説是「伏法」。

　　而病例2把「伏法」理解為宣判，則錯得更加厲害了。

　　漢語裏有些動詞指的一定要是完成了的動作，「伏法」是一個。後面還要説到的「彌留」是另一

49

個。（參閱本書第 155 頁）

「落成」是第三個。《並非吹毛求疵》一書指出，「扶康會復康中心明年落成」之類的句子有語病，因為「落成」必須要是建築物建造完工之後才可以使用＊。

＊見《並非吹毛求疵》（黃煜等著，三聯書店出版）第132頁。

自信

【語誤】

　　這些，他**自信**自己還可以輕易應付得了。

【評說】

　　凡是以「自」加「及物動詞」組成的文言語詞，「自」往往是該及物動詞的主語，又是它的直接賓語。如：

　　自助：自己幫助自己。自省：自己省察自己。

　　自殺：自己殺死自己。自欺：自己欺騙自己。

　　自愛：自己愛惜自己。自慰：自己安慰自己。

　　自衛：自己保衛自己。自辯：自己替自己辯護。

　　同樣，「自信」即是「自己相信自己」。

　　既然「自信」這個詞本身就已經包含有「相信自己」的意思，那麼，在「自信」後面再加「自己」，便是蛇足了。

老生常談

【語誤】

政客「轉軚」，在任何國家都早已是**老生常談**的事兒啦！

【評說】

《三國志‧魏書‧管輅傳》記載，管輅是三國時代很出名的占相家，相傳他所占卜的事沒有一次不靈驗的。

有一回，管輅在占卜的時候，講了一番占卜相命的道理，乘機勸說魏國的吏部尚書何晏奉行周公孔子之道，何晏的同僚鄧颺在一旁聽了，覺得厭煩得很，便嘲諷他：

「此老生之常談。」(你的這些話，只不過是老書生常說的話。)

後世因以「老生常談」形容說話全無新意。

上引例句以「老生常談」來形容大家常見的現象，顯然不妥；改為「司空見慣」會貼切一些。

有生之年

【語誤】

　　彭丹在談到今年聖誕的願望時說：希望**有生之年**都不用再吊鹽水，我現在在新疆附近拍戲，成日感冒，已經吊了幾次鹽水，真的怕怕。

【評說】

　　「有生之年」意思雖然指「活着的時候」，但常出自老人的口中，指「餘下的歲月」。例如：「這位老作家希望在有生之年完成他的第十部長篇小說。」

　　十幾二十的年青人把「有生之年」掛在嘴邊，令人聽了總覺得不是味道。像彭丹所說的願望，只須說「希望以後／這一輩子都不用再吊鹽水」已經很夠，幹嗎要說「有生之年」如此言重？

此起彼落

【語誤】

進入這一週，這部長篇劇集的劇情就會更加**此起彼落**，引人入勝。

【評說】

「此起彼落」也作「此起彼伏」，按字直解是「這裏起來，那裏落下」。

「此起彼落」習慣上多用來形容聲音(掌聲、口號聲、歡呼聲等) 的接連不斷。如「遊行隊伍中，口號聲此起彼落」。

形容劇情曲折動人，則宜用「起伏跌宕」、「高潮迭起」或「峰迴路轉」。

如雷貫耳

【語誤】

1.一次與女友談孩子，聽她訴苦曰：「唉！我的兩隻反斗星，迫我做潑婦！」

如雷貫耳。

自身經驗如出一轍。

2.昨日中國人民銀行行長戴相龍宣布，很高興獲知美日聯手救市的說話，就如當年二次大戰（聽到）盟軍反攻，美國出兵一樣**如雷貫耳**。

【評說】

「如雷貫耳」亦作「如雷灌耳」，按字直譯，即是「就像是響雷直貫耳朵」；它的前面習慣與「久聞大名」或「久仰大名」連用，是人們初次見面時很常用的客套話，用以恭維對方的聲名遠播。

如：「久聞先生大名，如雷貫耳。今日幸得拜識，大慰平生。」

又如：「谷秋年吃了一驚，金鈴蘭的名字，豈止耳聞，而且如雷貫耳，聞名久矣。」

　　上引病例1形容消息的令人震驚，應該用「如雷轟頂」。

　　病例2則可以考慮改為：「……就如當年聽到盟軍反攻，美國出兵一樣令人振奮。」

同一鼻孔出氣

【語誤】

在目前的情況下，要行政、立法兩局保持良好的合作關係殊不可能，**同一鼻孔出氣**則更是奢求。

【評說】

「同一鼻孔出氣」的意思十分淺顯，指同一立場、利害一致的人說話做事都互相維護，有如用同一個鼻孔呼吸一樣。

「同一鼻孔出氣」義近「臭味相投」和「一丘之貉」，帶有濃烈的貶義色彩。

上引例句的作者沒有留意「同一鼻孔出氣」的貶義色彩，把它誤作褒義詞語使用。

病例中的「同一鼻孔出氣」，可以改成「同聲同氣」或「同心同德」，用大陸的慣用語則是「擰成一股繩」。

位

—

【語誤】

1.約五百位產婦中有一**位**會患上「產後精神病」。

2.在三條石的三里，有個墳場。家父的老友一**位位**逝世，都埋葬在那裏。

【評説】

「位」和「個」都是與人有關的量詞，只不過「位」帶有尊敬的意味。

不需要特別表示尊敬的人，用「位」會令人覺得不自然。

像例1，只須説「五百個產婦中有一個會患上產後精神病」便行了，用「位」反而不好。

例2談到「家父」的老友，自然應該用「位」。只是「位」習慣上不疊用，「一位位」聽起來既生硬又造作，還是説「一個個」自然。

冷對

【語誤】

　　1.息率偏高　收行政費　欠吸引力

　　　大學生**冷對**豁免入息貸款（報紙標題）

　　2.我行我素　**冷對**（反盜版）大遊行

　　　劉××中環名店 SHOPPING（報紙標題）

【評説】

　　「冷對」的意思是冷眼看着，包含有敵視的情緒。

　　如魯迅著名詩句：「橫眉冷對千夫指，俯首甘為孺子牛。」

　　上引例句1說本港大學生對於政府新推出的「大專學生豁免入息審查貸款」，反應冷淡。例句2說女影星劉××對演藝界搞「反盜版大遊行」漠不關心，跑去中環置地廣場逛名店。

　　兩個標題都用「冷對」，未免誇大其辭。

巡視

【語誤】

黎明**巡視**臨屋　數百人圍觀（報紙標題）

【評說】

「巡視」指長官到各處視察。如：「房署署長巡視青衣臨屋區。」

黎明雖然貴為歌壇「天王」，但仍是布衣身分，出去看望臨屋區的百姓，只能說是「探訪」。

而「巡視」，黎明還不夠格。

呈辭

【語誤】

印度下議院周六就聯合政府的信任議案進行投票，結果以二百六十九票對二百七十票一票之微不獲通過，總理瓦杰帕伊隨即提出**呈辭**。

【評説】

「呈辭」本身已是動詞，應該刪去「提出」。

或者將「提出呈辭」改為「提出辭呈」。辭呈：辭職的函件。

即席

【語誤】

零時18分。兩名工人及清渠車司機**即席**在停車場內進行「通渠」工作，利用吸管，從UC586的前缸將清水注入渠口，然後再從渠內抽回污水入後缸。

【評説】

詞典説，「即席」即是「當場」。

必須留意的是：「即席」所指的「當場」，都是在宴會或集會現場，而且所做的常是與詩書琴畫等雅事有關。如：即席賦詩，即席揮毫，即席表演。

上引病例中的通渠工作當然不會是在宴會或集會的現場，而且是粗重的髒活兒，説「即席通渠」頗為搞笑。

「即席在停車場內通渠」要改為「當即在停車場內通渠」。

忘年戀

【語誤】

傳媒對歌星鄭××與謝××發生**忘年戀**一事的失實報道，對兩個當事人都造成了傷害。

【評說】

「忘年戀」，指忘了年紀和輩分差別的戀情。

首先要弄清楚的是：年齡要相差多大，才可以叫做「忘年戀」？

一般來說，相戀的男女年齡相差起碼要十四五歲——亦即是說男人已經做得她的uncle了，又或者女子已經做得他的 untie 了——他們之間發生的戀情，才叫「忘年戀」。

而鄭××和謝××，年紀相差不到十歲，份屬「姊弟」，同一輩的。他們兩人果真相戀，也不可以稱為「忘年戀」。

坐以待斃

【語誤】

　　隨手翻一本巴掌大的小書，它鼓勵女孩子一旦遇上合意的男生，不應該**坐以待斃**，羞怯被動。因為這種做法已非常落後，趕不上時代，反而把他們趕走。

【評說】

　　以「坐」構成的成語，「坐」字都有「在一旁坐着，不出力，不行動」的意思。

　　如：坐吃山空、坐享其成、坐視不理、坐失良機、坐以待斃。

　　「坐以待斃」譯成白話，就是坐着等死。例如：

　　「如今糧盡彈絕，救兵不至，唯有固守孤城，坐以待斃。」

　　上引病例中的「坐以待斃」，應是「坐失良機」（不行動，白白失去大好機會）之誤。

作鳥獸散

【語誤】

遇到狼群的時候，要找出哪一隻狼是領頭的，只要拚盡全力把領頭的狼打死，其他的狼便會立即**作鳥獸散**。

【評說】

在運用「比喻」這個修辭手法的時候，必須留意本體和喻體不能是同一事物。

例如，不可以說「玫瑰美如花」，因為玫瑰（本體）本身便是花（喻體）。

又如，不可以說「百貨商店門庭若市」，因為百貨商店（本體）本身便是做買賣的「市」（喻體）。

而上引例句說狼「作鳥獸散」（像禽鳥和野獸一樣四散逃竄）。

「狼」（本體）和「作鳥獸散」的「獸」（喻體）是同一事物，這就違犯了使用「比喻」這個修辭手法的禁忌。

病例中的「作鳥獸散」，宜改為「四散逃竄」。

其

【語誤】

張太說，近日的所謂炸彈案，**其**覺得沒有證據顯示是其夫所為。

【評說】

「其」是一個極常用的文言虛詞。

「其」用作代詞時，一般用作第三人稱，表示領屬關係；相當於「他的／她的／它的／他們的」。

例如《左傳‧曹劌論戰》：「吾視其轍亂，望其旗靡，故逐之。」(我看見他們的車轍亂了，望到他們的戰旗倒了，所以追擊他們。)

「其」極少表示「他／她／它／他們」，偶而用到，也只用於兼語——亦即是在句中用作賓語，又用於後一個動作的主語。

例如歐陽修《賣油翁》：「見其發矢十中八九。」(看見他射箭十有八九中靶。)

「其」在表示「他／她／它／他們」的時候，在

句中不能用作主語。

　　所以，上引病例中的第一個「其」用得不對，要改為「她」。

享年

【語誤】

葉先生英年早逝，**享年**二十九歲。

【評說】

「享年」指「死者一生所活的年歲」。

「享」，帶有對死者恭維的意味。「享年」，意思是很盡情、很幸福地享受了他所活的年歲。

「享年」習慣上只用於五十歲以上的老年人身上。如：「葉老先生福壽全歸，享年七十有三。」

沒過五十歲，都不能稱為「壽終」。二三十歲就死，閩南人還說他「夭壽」，「短命」，不配使用「享年」。

二十九歲就死，用「終年」會較為穩妥。

房事

───

【語誤】

房屋署長談**房事**（報紙標題）

【評說】

「房事」是古人談及男女性交的婉辭，也說「行房」。

譯成時髦的說法，「做愛」是也。

上引報紙標題底下的報道中說，房屋署長在記者招待會上解釋關於天台僭建物拆除的政策，不可以簡說是「談房事」。

詞語用錯，有時會鬧大笑話，這就是一個很典型的例子。

事必

【語誤】

1.何嘉莉有新戲上映，同一唱片公司的葉佩雯**事必**捧場，另一朵飛圖小花也為師姐打氣。

2.市面上賣的礦泉水不是**事必**都含有礦物質的。

【評說】

香港警察一抓到人，第一句便說：

「不是事必要你說，你所說的一切都會成為將來呈堂的證供。」

這個「事必」一經傳媒廣為宣傳，已經變成城中婦孺皆知的慣用語了。

事實上，在規範漢語裏，「事必」只用於「事必躬親」這個成語裏。「事必躬親」的意思是「凡事都要親自動手」。

而在病例 1 裏的「事必」應說「必定」：病例 2 裏的「不是事必」則應說為「未必」。

奔喪

【語誤】

約旦國王胡辛去世，北京派人**奔喪**，起碼向國內一億穆斯林有所交代，這種不費一兵一卒，一槍一彈的外交機遇，中國怎麼可以輕輕放過？

【評說】

人在異鄉，聽到至親長輩喪亡的噩耗之後，急忙趕回家去料理喪事，叫做「奔喪」。

一個國家元首去世，別的國家派出代表去參加喪禮，不可以說是「奔喪」。

股掌

【語誤】

如果你膽敢出賣組織，你肯定逃不出我的**股掌**之中！（電視劇人物對白）

【評說】

「股掌」，指大腿和手掌。

所謂「玩某人於股掌之上」，即是把他當作小孩子一樣，放在自己的大腿、手掌之上，任由自己玩弄。

晉代袁宏《後漢記・獻帝紀三》所記曹操口中形容的袁紹：

「孤客窮軍，仰我鼻息，譬如嬰兒在股掌之上，絕其哺乳，立可餓殺。」

諸葛孔明七擒孟獲，正是玩人於股掌之上的最佳史例。清代姚士陛《諸葛銅鼓》詩曰：

「人言孟獲不足擒，股掌玩之徒戲耳。」

上引病例中的人物對白，想說的其實是：「你必定跳不出我的手掌心！」

　　「你跳不出我的手掌心」這句俗語，原是《西遊記》中西天如來和齊天大聖鬥法的典故。大聖站在如來的手掌上，拚命翻筋斗（大聖一個筋斗能翻十萬八千里），結果還是沒能跳出如來的手掌心。

　　上引病例的作者把「玩某人於股掌之上」和「跳不出我的手掌心」雜糅在一起，就變成了不倫不類的「你逃不出我的股掌之中」。

承讓

【語誤】

1.這一局我輸給你，並不是我有意**承讓**，而是你運氣好。（電視劇人物對白）

2.木蘭的部隊與村中的老人切磋武藝，竟然敗下陣來，老人們誤以為部隊故意**承讓**，備酒菜來道謝，反讓眾人羞愧不已。（劇情預告）

【評說】

古時比武或弈棋，勝利的一方總是向對手說一句客套話：

「承讓！」

所謂「承讓」，即是承蒙對方把勝利讓給自己。

只有勝利者，才有資格向對手說「承讓」。

上引病例 1，輸的一方向對手說「並不是我有意承讓」，是不通的。他應該這樣說：

「這一局我輸給你，並不是我有意讓給你，……」

　　病例2「老人們誤以為部隊故意承讓」，應該改為：

　　「……老人們誤以為部隊故意讓手，備酒菜來道謝，反讓眾人羞愧不已。」

兩小無猜

【語誤】

　　愛情來的時候，「初戀無限 Touch」的女主角是芳齡十七歲的Gigi，時為93年，她在理工大學遇上初戀情人Kenny，男的愛玩結他夾band，女的熱衷打鼓唱歌，一唱一和，造就了**兩小無猜**。

【評說】

　　「兩小無猜」出自李白的詩《長干行》，這首詩抒寫一個少婦對出外丈夫的思念。

　　《長干行》開頭的四句詩，追述夫婦倆在童年時代純真無邪的友情：

　　「郎騎竹馬來，繞床弄青梅，

　　同居長干里，兩小無嫌猜。」

　　（你騎着竹馬蹦蹦跳跳地跑來，

　　同我在井欄旁邊快活地擺弄着青梅。

　　我倆從小同住在長干里，

　　天真爛漫地一起嬉戲，不避嫌猜。）

　　「兩小無猜」正是從《長干行》「兩小無嫌猜」的

詩句濃縮而來，形容兩個男女孩童在一起嬉戲時天真無邪的情狀。

使用「兩小無猜」，有三條限制：

1.它所追述的對象一定是兒童（騎竹馬的五六歲年紀）；

2.而且一定是異性兒童（但不是親兄妹）；

3.長大以後友情發展（或一度發展）為戀情的。

上引的例句超越了第一條限制。雖然男女主角在大學唸書時都還年輕，還不到二十歲，但是說他們「兩小無猜」，還是大大超了齡。

兩袖清風

【語誤】

不過，昨天現身法庭的詹××，顯然與前日**兩袖清風**而來的他不同，他手挽着一個白色背心膠袋，內裏載着書本和藥物等隨身用品。

【評説】

古人衣袖寬大，可以容納財物；為官廉潔，衣袖裏沒有一點私收的錢財，雅稱為「兩袖清風」。如：

「陳慶春在官場裏打滾了一輩子，到頭來依然是兩袖清風。」

上引病例中說的是雙手沒拿東西，要説「兩手空空」，不應該說「兩袖清風」。

長袖善舞

【語誤】

　　江澤民訪美時頭腦清醒，言辭敏捷，**長袖善舞**，牢牢掌握着主動權，頻頻化解美方攻勢，沒有犧牲原則，卻達到既定目的，推動中美關係到新階段，堪稱是一次里程碑。

【評說】

　　「長袖善舞」一語出自《韓非子‧五蠹》：「鄙諺曰：長袖善舞，多錢善賈(gu3)，此言多資之易為工也。」

　　所謂「鄙諺」，即是民間俗語。「長袖善舞，多錢善賈」的意思是：

　　「衣袖長，跳舞自然就更加美妙；錢財多，做生意自然就更容易賺錢。」

　　「長袖善舞」和「多錢善賈」，原先都是比喻做事有所憑藉，就容易成功。

　　到了後來，「長袖善舞」帶有貶義，形容有財勢、有手腕的人善於鑽營取巧。（見上海辭書出版

社《辭海·詞語分冊》第74頁，商務印書館《現代漢語詞典》第140頁，上海辭書出版社《中國成語大詞典》第144頁）

　　例如：「陳生不學無術，卻長袖善舞，幾年之間便從一個小職員爬到總經理的位置。」

　　香港的報章常把「長袖善舞」用來稱讚商人善於經營，政治人物外交手腕高明；貶詞褒用，外省人很難理解，也很難接受。

始作俑者

【語誤】

在本港具有多年歷史的明×集團，可算是在港以地舖形式經營金號及槓桿外匯的**始作俑者**。目前明×旗下仍有多間地舖，單是從事證券業務的分舖已有五六間。

【評說】

考古學家說，早在二千八百年前，中原地區就有以活人殉葬的風俗了。大富大貴之家有人死了，總要把妻妾奴僕活活埋進墓裏陪葬，以便在另外一個世界裏繼續服侍主人。這種殘忍的習俗一直延續到元代末年。

在東周時代，有人把木頭、陶瓷或石塊雕成人形，用來代替活人殉葬。這種代用品就叫「俑」。

《孟子·梁惠王上》記載，孔子十分憎惡發明「俑」的人，痛罵他們：「始作俑者，其無後乎！」（最初製作「俑」的人，必定絕子絕孫！）

很不明白，一代賢哲的孔大聖人，在這件事情

上面，居然糊塗到如此善惡不分的地步。

　　源自孔子那句罵話的成語「始作俑者」，後來用以指首開惡例的人，或壞事的發起人。

　　「始作俑者」帶有強烈的貶義，上引病例誤把它當成中性成語用。

祖國

【語誤】

「香港教育界慶祝中華人民共和國國慶籌備委員會」為在學界舉行一次跨世紀活動，十月下旬在明報刊登大幅廣告：

師生同行萬里路　探索神州大地

參加《「**祖國**五十年」專題研究比賽》

（考察報告可以在二千年五月二十日之前提交）

【評說】

「師生同行，認識祖國」，這原是一個很有意義的活動，只不過「祖國五十年」的提法卻使人百思不得其解。

我們的「祖國」，指的當然是中國，而歷史上自有中國以來已有五千年！

廣告中所說的「五十年」，指的是新中國，亦即一九四九年共產黨創建的中華人民共和國。雖然，中華人民共和國五十年的歷史，也是我們祖國——中國——歷史的一部分；但是，只可以說「新

中國五十年」，而不可以説「祖國五十年」。

　　有人可能爭辯説：這裏説的「祖國五十年」，指的是從祖國悠久的歷史中截取最近的五十年。我説，這不過是活動設計人一廂情願的想法，因為從「祖國五十年」這句話裏根本沒有任何「最近五十年」的暗示。你説「五十年」，我在五千年歷史中任切五十年，可以嗎？

　　香港學生對「祖國」這個詞兒感到陌生，錯把「新中國五十年」説成「祖國五十年」，尚情有可原；可是連「香港教育界慶祝中華人民共和國國慶籌備委員會」把舉辦的活動名稱都弄錯，就有點兒説不過去了。

首級

【語誤】

今年開春，石排灣村發生一起瘋兒弒母的倫常慘案。兒兒將母親之**首級**由住所拋落街⋯⋯

【評說】

「首級」是一個歷史上曾經存在過的詞語，指作戰時斬下的敵人的頭顱。按秦代法律規定，凡是作戰時斬下一個敵人的頭顱，便獲晉爵一級，所以被斬下的敵人的頭顱便稱為「首級」。

「首級」這個詞，在現代漢語中已經死亡，不復使用。

在兒殺事件中被砍下的頭顱，不可以稱為「首級」。

面世

【語誤】

自從我那篇談及狐臭治療的專欄文字**面世**之後，接到一些讀者來信查問具體的藥方。

【評說】

「面世」，即是第一次與世人見面。

它的主語，習慣上要是書籍或報刊。如：

1.「×周刊」創刊號上周面世，反應一般。

2.這位女作家相繼面世的一系列新作，令她聲名大噪。

單篇文章不說「面世」，而說「發表」或者「與讀者見面」。

泉湧

【語誤】

丈夫醜聞**泉湧**　淚水早已流乾

第一夫人撐不下去（報紙標題）

【評說】

「泉湧」，形容事物像泉水一樣不斷湧流出來。「泉湧」修飾的中心詞一般要是「液體」，如：「淚如泉湧」、「血如泉湧」；而「文思泉湧」詞組中的「文思」則是在人的想像中被「液化」。

至於「消息」和「傳聞」不斷出現，習慣上不用「泉湧」形容，而用「重見疊出」和「層出不窮」。

美輪美奐

【語誤】

1.像意大利人，普遍收入不見得比香港人高，但很注重美，注重情趣，小小的一個餐廳也收拾得**美輪美奐**。

2.大陸人的名片，一般都比香港人來得**美輪美奐**，設計獨特，名片上還要盡量將一切可以突出其人的資料印上去，如甚麼會員、甚麼顧問、甚麼主席、甚麼會長等等。

【評説】

《禮記・檀弓下》記載，晉國的趙文子（即是「趙氏孤兒」中的主角趙武）蓋了一幢房屋，落成的時候，大夫們紛紛前來致賀。有一位自稱張老的賀詞是這樣寫的：

「美哉輪焉，美哉奐焉！」

賀詞裏的「輪」和「奐」二字相當費解。據古人鄭玄注釋：

「輪，輪囷（qun1，粵音坤；古代圓形的穀倉

——引者注），言高大；奐，言眾多。」

後人似乎沒能提出更好的見解，大家也只好跟着鄭玄如此這般的解釋來理解賀詞：「好哇，這房子多高多大啊！好哇，房間多不勝數啊！」

「美哉輪焉！美哉奐焉」後來簡縮成為「美輪美奐」。

四字成語裏面有兩個字的意思晦澀難明，難怪人們經常把它錯寫為「美侖美煥」。

不但寫錯，而且老是用錯。

請記住，「美輪美奐」的使用範圍只限於形容宏偉壯麗的建築物。例如：

「我們經過一個美輪美奐的宏麗華廈的住宅區，司機告訴我說這裏住的都是西人和本地的富翁。」

很多人以為「美輪美奐」義同「美麗之極」，便不注意它所修飾對象的限制，像病例1，雖然拿它來形容建築物，但是那只是「小小的一個餐廳」，還夠不上用「美輪美奐」的資格；病例2拿它形容諸如名片之類的細小物件，那就錯得更加離譜了。

春秋鼎盛

【語誤】

陳世倫想老爸已經六十六歲高齡，**春秋鼎盛**，拼命爭搏之事，理應由他們年輕力壯的人去擔當。

【評說】

使用「春秋鼎盛」，務須十分小心。

辭書裏給「春秋鼎盛」的解釋是：指人正當壯盛的年紀。

問題是多大年紀才叫「正當壯盛的年紀」？三十開外？四十開外？還是五十開外？

請看古籍上的兩則用例：

1.陛下春秋鼎盛，諸症皆非所宜者。（《明史‧盧洪春傳》）

2.及入宮廷，見王春秋鼎盛，妾非敢怨王，但自嘆生不及時耳。（《東周列國志》第七十一回）

第一句的意思，是說「皇帝你年事已高，再生這麼些病就很麻煩了。」第二句的意思，是說「等到我進入宮廷（做妃子），才知道國王你已經是這

樣的年紀了，我不敢埋怨你，只怨自己生得不是時候。」

照以上這兩句書例的語境推測，「陛下」和「王」的所謂「春秋鼎盛」，其實際年紀起碼都在六十開外了。

這兩句書例裏的「春秋鼎盛」，是婉辭，也即是說，在和尊輩對談中，不好意思直說尊輩「年紀老邁」，只好婉轉地稱對方「春秋鼎盛」。

但是，在客觀敘述時，「春秋鼎盛」指的就應該是真正處於正當壯盛的年紀，也即是四十開外年紀。

像病例所說的陳世倫已屆六十有六的高齡，客觀敘述時應該逕用「年事已高」，或說「年紀大了」；說他「春秋鼎盛」便不符合實際了。

相輔相成

【語誤】

　　貨車司機説，本來，機場貨運站只有一個出口，甚麼貨品都在這個出口，現在分成三個出口，要領不同種類的貨品，走完這個出口又要走到另一個出口，**相輔相成**，時間就花長了幾倍。

【評説】

　　「相輔相成」指「兩件事物互相補充，互相配合」，如：

　　「有你的勇猛進取，就不能沒有我的審慎周詳，這就叫做相輔相成。」

　　而病例説的是走冤枉路，「相輔相成」用在這裏牛頭不搭馬嘴。

茅塞頓開

【語誤】

　　這張 120 萬過數紙的線索，令鄔、李整件「婚事」之中不「明白」的地方**茅塞頓開**。

【評説】

　　「茅塞頓開」的「茅塞」原指茅草塞住道路，比喻思路不暢；「頓開」即是頓時打開。整個成語比喻人的思路忽然開通，義近「恍然大悟」、「豁然貫通」。

　　在使用「茅塞頓開」時，主語一定要是人，因為只有人才能夠開通思路。

　　上引例句中的毛病，正好在於主語不是人，而是「（不明白的）地方」，所以不通。

　　倘把「茅塞頓開」的主語改成「大眾」，句子便通順了：

　　「這張120萬過數紙的線索，令大眾對鄔、李整件『婚事』之中不『明白』的地方茅塞頓開。」

倍

一

【語誤】

　　1.更嚴重的是樓股暴跌，導致前所未有的經濟恐慌，許多上市公司之股值竟狂跌八十**倍**、九十**倍**。（隨便抽兩隻股出來看看，在一年之內，華基泰由1.32跌至0.014，跌了九十四**倍**，三商行由5.10跌至0.057，跌了八十九**倍**。）

　　2.中原於97年平均每月花600萬刊登報紙分類廣告，九八年迄今，減至平均每月一百萬，減幅達五**倍**。

【評說】

　　上漲、增長才說「幾倍」，下跌、減少要說「幾成」。

　　因為我唸書的時候，數學也不及格，所以我去請教尖沙嘴某公司的會計林寶蘭小姐。她說正確的表達應該是：

　　例句1——

　　1.更嚴重的是樓股暴跌，導致前所未有的經濟

恐慌，許多上市公司之股值竟狂跌至原價的八九十分之一（隨便抽兩隻股出來看看，在一年之內，華基泰由 1.32 跌至 0.014，為原價的九十四分之一，三商行由 5.10 跌至 0.057，為原價的八十九分之一。）

或：

1.更嚴重的是樓股暴跌，導致前所未有的經濟恐慌，許多上市公司之股值竟狂跌九成以上（隨便抽兩隻股出來看看，在一年之內，華基泰由1.32跌至0.014，三商行由5.10跌至0.057，跌幅都接近九成九。）

例句 2——

2.中原於97年平均每月花600萬刊登報紙分類廣告，九八年迄今，減至平均每月一百萬，跌幅達八成三。

或：

2.中原於97年平均每月花600萬刊登報紙分類廣告，九八年迄今，減至平均每月一百萬，跌至原來費用的六分之一。

流離

【語誤】

　　請你早睡早起，無謂四處**流離**，找一剎歡喜。（歌詞）

【評説】

　　歌詞的作者把「流離」誤作「流連」用了。

- 流離：指由於災荒戰亂而流轉離散。
- 流連：指到某處遊玩，捨不得離開。

　　歌詞裏應該用的是「流連」，而不是「流離」。

脈脈

【語誤】

這些在記者招待會上裝出一副**脈脈**君子風度的民運人士，居然在一次公開集會上大打出手。

【評說】

「脈脈」出自《古詩十九首》中之《迢迢牽牛星》：

「河漢清且淺，相去復幾許？

盈盈一水間，脈脈不得語。」

(銀河的水呀清又淺，

牛郎織女相隔有多遠？

相愛的人兒哪，

只能隔着清亮的銀河脈脈相望，

一句話兒也沒法傾談。)

「脈脈」形容戀愛中的男女含情對望的樣子，用廣東俗語來翻譯，即是「放生電」。

一個人在記者招待會這樣正經的場合裏，竟然還「脈脈」地跟人「放生電」，那已經不是甚麼「君

子」，而是登徒子了。

　　彬彬有禮的人，應該稱他是「謙謙君子」才是。「脈脈」不能與「君子」搭配。

涉獵

【語誤】

以往政府對（地產）大財團向來甚為厚待，令不少財團愈來愈膨脹，各行各業都**涉獵**。

【評說】

「涉獵」這個詞，以涉水獵獸來比喻廣泛而粗略的閱讀。雖然它義同「廣泛涉及」，但使用範圍只限於閱讀。例如：

「他在大學裏主修古代詩詞，對於中國書法、繪畫鑑賞方面的書籍也略有涉獵。」

上引病例說的是地產巨賈在經營地產之餘旁及其他行業，不能用「涉獵」。

效尤

【語誤】

　　1.雲南七度施刑後獲**效尤**　湖南打針處決癱瘓死囚（報紙標題）

　　2.白玉樓遂道：「……籌組民團的事意義重大，假如各地皆能起而**效尤**，無疑能對海盜起阻嚇作用，未知閣大人高見如何？」

【評說】

　　「效尤」不是一個生僻的詞，當我們在學校唸書的時候，每當有同學受到記過或開除處分的時候，校方貼出的佈告，最後一句必定是「以儆效尤」。

　　「尤」在這裏作「錯失」解。

　　「效尤」，《辭海》解釋得很清楚：「有意蹈襲他人的過誤。」

　　「以儆效尤」，意思就是「用（這個處分）來警戒敢於學壞樣子的人」。

　　有人以為「仿效」太淺白太通俗，想寫得比較

有點文言味，便把它寫成「效尤」。

不錯，「效尤」也是仿效，但是它專指「學壞」，帶有強烈的貶義。

像上引的病例1，說的是湖南仿效雲南，採用打麻醉針處決死囚。這種新的處決方法，可以減輕死囚的痛苦，比以前的槍決文明得多，人道得多。

向好的樣子學，應該用「學習」，用「仿效」；而不應該用「效尤」，「效尤」是貶義詞。

病例2的毛病，也是誤將貶詞褒用。

殉難

【語誤】

遷居一月黃家三口罹禍

長女來港方六日　與母**殉難**妹危殆（報紙標題）

【評説】

以「殉」組成的詞，除了「殉葬」指陪葬之外，大都帶有莊重色彩，表示為了維護某種事物或追求某種理想而犧牲生命。如：

殉節：為了保全名節而犧牲生命。

殉情：因為戀情受到阻礙而自殺。

殉道：為了維護信仰而犧牲生命。

殉國：為了保衛國家而犧牲生命。

「殉難」和「殉國」近義，指為國家或正義事業而犧牲生命。

在意外中喪生，不可以稱「殉難」。

恭候

【語誤】

我因為路上塞車來遲了，寬容的主人並不因為**恭候**多時而對我有所責備。

【評說】

「恭」是禮貌用語中常用的字。

恭賀：恭敬地向人祝賀。

恭喜：恭敬地向人說祝賀喜慶的話。

「恭候」也是禮貌用語，表示恭敬地等候貴賓。例如在請柬上，我們常用「恭候　大駕光臨」、「七時恭候，八時入席」，以表示對來賓的恭敬。

需要留意的是，諸如「恭賀」、「恭喜」、「恭候」這些禮貌性的敬辭，只能用到他人身上。

病例的過錯，就在於它把敬辭用於自己身上。

娓娓

【語誤】

「我們已一年沒有吃過雞，兩個兒子一年只吃過一次燒肉，就是清明節買來拜完他老父的那一小塊燒肉。」胡女士對記者**娓娓**道出自丈夫病逝後，她一家三口這六年來的「無肉生涯」。

【評說】

「娓娓」，形容說話連續不倦的樣子。

「娓娓」常與「動聽」搭配，說明正在「娓娓」說話的人，心情是平靜的，聲調是愉悅的；而「娓娓」道出的，往往是有趣的故事，經歷。

上引例句中的胡女士訴說的是一家悲哀的生涯，用「娓娓道出」甚不貼切。

高抬貴手

【語誤】

《另類新聞》版正在徵求題材。讀者除了可以主動向該版記者提供新聞線索外，甚至喜歡何類題材，亦歡迎向他們反映！

請**高抬貴手**。

【評説】

「高抬貴手」是敬詞，用來懇求他人饒恕或寬容自己。例如：

1.《水滸全傳》第41回：「小可不知在何處觸犯了四位英雄，萬望高抬貴手，饒恕殘生！」

2.茅盾《一個夠程度的人》：「喂，朋友，那邊是要比這裏舒服些，您總得幫我這點忙吧？請您高抬貴手，給我這一點面子。」

用「高抬貴手」來請求讀者踴躍寫信反映意見，似不妥當。

栩栩如生

【語誤】

張毅與楊惠珊花了一個月用琉璃製成的大白菜，**栩栩如生**，令人看到忍不住垂涎欲滴。

【評說】

「栩栩如生」是書報上最常用錯的成語之一。

「栩」，音許。「栩栩」最早出現在《莊子·齊物論》：

「莊周夢為蝴蝶，栩栩然蝴蝶也。」

這裏的「栩栩」如何解釋，眾說紛紜。有人說是形容蝴蝶歡暢飛舞的樣子，有人說是形容蝴蝶生動活潑的樣子。

竊以為這裏的「栩栩」是「形容真切的樣子」，我們在夢中見到的事物，夢醒時分回憶起來總有點依稀、不真切的感覺。可是莊周強調他在夢中見到的蝴蝶，真切得如同在日常看到的活生生的真蝴蝶一樣。

後世以「栩栩如生」形容文學的描寫或藝術的

塑造生動逼真得像活的一樣。例如：

1.清·吳趼人《發財秘訣·卷二》：「那小人做得才和棗核般大，頭便像一顆綠豆，手便像兩粒芝麻，卻做得鬚眉欲活，栩栩如生。」

2.茅盾《關於歷史和歷史劇》：「《項羽本紀》中的項羽寫得栩栩如生，《項羽本紀》基本上就是一篇極富於形象性的傳記文學。」

很多人不了解，「栩栩如生」所修飾的對象只局限於——

1.文學作品中描繪的人物；

2.繪畫或雕塑中的人物、動物。

前引的病例以「栩栩如生」誇説工藝品做得逼真，如果那件工藝品雕刻的是人物或動物，便不成問題；可是它所雕刻的卻是大白菜，那就只能用「維妙維肖」形容，而不能用「栩栩如生」。

倖免於難

【語誤】

　　新機場獨立調查報告公布當日，機管局四要員捱批，唯獨林××**倖免於難**：在報告中被點了名，卻沒有受譴責。

【評説】

　　「倖免於難」意即僥倖地逃過了大難。這裏的「難」，指的是具體的、可能危及生命的災難。例如：

　　「在這次空難中，唯有一位姓林的旅客倖免於難。」

　　用「倖免於難」形容僥倖地逃過批評，顯然大詞小用。刪去「於難」二字如何？

鬼鬼祟祟

【語誤】

　　女歌星黎××返港後，昨日響應商台的《大無畏》節目義賣舊物，行動表現得**鬼鬼祟祟**，唯恐記者再追問其婚事。

【評説】

　　以「鬼」構成的四字詞語，大多含有厭惡意味的貶義：

　　「鬼鬼祟祟、鬼頭鬼腦、鬼話連篇、鬼迷心竅、鬼蜮伎倆、心懷鬼胎、心中有鬼……」等等。

　　「鬼鬼祟祟」也是帶有貶義色彩的詞語，形容一個人想幹壞事時，怕被人發現，因而行動偷偷摸摸的樣子。例如：

　　《紅樓夢》第31回：「別叫我替你們害臊了！你們鬼鬼祟祟幹的那些事，也瞞不過我去。」

　　而女歌星黎××只不過想躲開記者，害怕他們追問她的婚事，在這裏用「鬼鬼祟祟」貶義太重，用「躲躲閃閃」或「閃閃縮縮」會比較恰如其分。

狹路相逢

【語誤】

　　與緋聞女友周×**狹路相逢**，劉××拒絕合照，擔心會加速離婚。

【評說】

　　「狹路相逢」在現代漢語中的意思是仇人相遇，互不相容，與「冤家路窄」同義。例如：

　　《三國演義》第22回：「劉岱引一隊殘軍，奪路而走，正撞見張飛，狹路相逢，急難迴避；交馬只一合，早被張飛生擒過去。」

　　假如劉××意外碰上的是即將離婚的太太，用「狹路相逢」就用得對。但是這裏遇到的是他蜜運中的女友，用「狹路相逢」就有點「離行離列」了。

　　用「不期而遇」如何？

甜

【語誤】

直到現在，哥哥和我每晚都回家吃飯，因為媽媽做的飯特別香，湯特別**甜**。（課本）

【評說】

閩南人形容湯的味道鮮美，說：「這湯很甜！」

以上課文中的句子看來必是出自閩南人的手筆，誤以方言入文。

「甜」是如糖似蜜的味道：甜點心、甜麵醬。

在規範語言中，菜湯只能以「鮮美」、「可口」形容。要是把菜湯弄很「特別甜」，那恐怕會很難入口呢！

牽強

【語誤】

在獲知輸掉影帝寶座之後，張××表面上仍**牽強**地笑，但在影帝、影后領獎之後，他便急急從秘密通道離開現場，當時尚有九個獎項未頒。

【評說】

「牽強」，指文字語言中把兩件沒有多少關係的事勉強地牽合在一起，如：

1.你這樣解釋十分牽強，令人難以信服。

2.以星星比喻晨露已經有點牽強，以海浪比喻晨露，則根本用錯了比喻。

「牽強」與「勉強」並不同義，可以說「笑得很勉強」，不可以說「笑得很牽強」。

掛彩

【語誤】

　　阿彩當然怎樣都不肯分手，又哭又鬧……我人還沒趕得及離開新加坡，阿玲的幾個哥哥已找上地盤來，不由分說揪着我拳來腳往，我寡不敵眾，**掛彩**自不在話下。

【評説】

　　「掛彩」，特指在戰場上作戰時受傷流血。例如：

　　「在這次山頭保衛戰中，有三個戰士陣亡，八個戰士掛了彩。」

　　平時打架頭破血流，甚至肚破腸流，那叫「受傷」，不叫「掛彩」。

教學

【語誤】

「建國建港，**教學**為先」（給某中學的題詞）

【評說】

題詞人似乎把「教學」同「教育」混淆了。

所謂「教學」，有兩項意思：

1.指教師傳授知識的過程。例如：「初入行的教師，往往應付不了日常繁重的教學工作。」

2.是教師的「教」和學生的「學」的合稱。例如：「我們的學校，強調教學相長，即是教師的教和學生的學互相促進，共同提高。」

而「教育」，則是指培育英才的事業。

依照題詞人的意思推測，他想說的應該是：無論建國或者建港，培育英才的事業都應該放在首要的位置。果如是，那麼題詞應該改為：

「建國建港，教育為先。」

捲逃

―――

【語誤】

電視劇《鹿鼎記》演到韋小寶潛入吳三桂王府中搜集造反罪證，被吳三桂識穿。韋小寶隨即吩咐親信：

「你趕緊收拾一下，我們準備**捲逃**！」

【評說】

所謂「三十六計，走為上計。」

人到了無計可施的危急關頭，只有逃跑一途。

「捲逃」也是逃跑，不同的是逃跑時私自帶走家裏或公司的大量錢財。

韋小寶潛入吳三桂王府中，目的在於搜集吳的造反罪證，並不在乎吳的家財——此時的韋小寶自己已經家財萬貫。所以，當他被吳三桂識穿時，吩咐親信的話應當是「你趕緊收拾一下，我們準備逃跑！」而不是「……我們準備捲逃！」

逝世

【語誤】

　　女歌星陳××昨日在記者會上談起愛貓**逝世**，不禁哭起上來。

【評說】

　　「逝世」是一個具有莊嚴色彩的字眼，當說話的人說到「某某人逝世」時，都帶有對這位「某某人」尊敬的感情。

　　試想一想，假使報上出現這樣的標題「大劫匪昨日在廣州逝世」，不被人批得體無完膚才怪：

　　至於貓貓狗狗，儘管是寵物，還是用「死」好一點，用「逝世」未免就過分矯情了。

假座

【語誤】

　　茲訂於本月26日上午10時**假座**本校禮堂為99屆畢業生舉行畢業典禮。

【評説】

　　「假」，除了解説為真假的「假」之外，在古文言中它還可以解釋為「借」。例如「假手於人」「假公濟私」「假虞滅虢」「狐假虎威」等成語之中的「假」，都是「借」（或「借助」）的意思。

　　「假座」即是借用或租用場所。例如：

　　「茲訂於本月26日上午10時假座新光戲院為本校99屆畢業生舉行畢業典禮。」

　　新光戲院不是本校所有，所以要用「假座」；而「本校禮堂」，那就用不着租借，用「假座」也就不恰當了。

盛裝

【語誤】

　　報載，飛機失事時，很多人扶老攜幼，男的穿着筆挺的西裝、黑皮鞋，女的也穿着套裝裙、鬆糕鞋，去現場看熱鬧。這一則新聞的標題是：

　　萬民**盛裝**爭看熱鬧

【評說】

　　人們出席一些隆重或喜慶的場合，常常特地穿上華麗的衣服，這叫「盛裝」。

　　飛機出事，人們跑去現場圍觀。因為空難當日，正巧遇上春節過後幾天，很多人身上的節日盛裝仍未除去，以致出現圍觀的人群中有不少男士西裝煌然，女士套裙飄然的情況。報上據此便以「萬人盛裝爭看熱鬧」為題加以報道是不恰當的，因為這樣的標題容易引起誤解，以為這些人是特地穿上盛裝去看飛機失事的。

細軟

【語誤】

1.媽媽也忙，下班以後經常要花不少時間收拾家中的**細軟**。

2.夏蕙姨主動上前關心一個睡在地上的乞兒，且問對方要不要錢，乞兒回答：「不要，我知道你是誰，黃夏蕙嘛！」說罷便執拾**細軟**「搬竇」。

3.卸職的總編在護衛監視下收拾好了**細軟**，黯然離開了報社。

4.泳客不應該把**細軟**放在沙灘上，以免招致損失。

【評說】

「細軟」是一個常被用錯的詞。

「細軟」由「細」和「軟」兩個詞組成。

「細」指體積精細的首飾金器；「軟」指綾羅綢緞的衣物。「細」和「軟」組成的「細軟」，泛指體積細小、便於攜帶的貴重物品。

每當人們匆促逃離家園或捲逃他去的時候，無

論如何都想辦法把「細軟」帶走。

　　很多人不明白「細軟」的含義，以為它與「細碎雜物」同義。病例1、2犯的就是這個毛病。

　　此外，「細軟」是個集合名詞，泛指「成副身家」之中最貴重的，而且是隨身帶得走的財物。至於我們平日出外時帶在身邊，或放在辦公室裏的細碎錢財和飾物，不能叫做「細軟」。病例3、4就在這一點上面發生了誤解。

莫須有

【語誤】

　　1.憑你這樣**莫須有**的解釋，能叫人信服嗎？

　　2.對你這個**莫須有**的問題，我拒絕回答！

【評説】

　　南宋奸臣秦檜誣陷岳飛造反，韓世忠不平，去質問秦檜有沒有罪證，秦檜回答三個字：

　　「莫須有。」

　　「莫須有」相當費解，有人説是宋時蘇浙一帶方言詞，意思是「也許有」。

　　也有人説，秦檜回答時語氣猶疑：「莫──須有。」（無，但是必定會有的。）

　　我比較傾向後一個解釋。

　　後世依據這個典故，用「莫須有」來表示憑空捏造。

　　使用「莫須有」的時候要記住，「莫須有」所修飾的中心詞一定要是「罪名」。例如：

　　「許海東的罪名，其實是莫須有的，看來，必

定是有人想置之死地而後快，所以下此辣手。」

　　上引兩個病例的作者把「莫須有」當作「憑空
捏造」使用，而忘記了最重要的一點：「莫須有」所
修飾的中心詞一定要是「罪名」。

情深一往

【語誤】

……還有一種男人，把戀愛放在第一位，他們雖然會對一個女人**情深一往**，卻又很容易愛上其他女人。

【評說】

「情深一往」是「一往情深」的變體。

使用「一往情深」，要留意「一往」兩字。

「一往」即是「一直，始終」的意思。

「一往情深」所指的傾慕、嚮往，除了情真、情深之外，還應該是情不變。

如果指的只是一段情，那麼起碼也要持續一段較長的時間——十年八年總是要的吧。

短時間的相愛，就算愛得要生要死，愛得**轟轟烈烈**，也稱不上「一往情深」。

果真是「情深一往」，就不會「卻又很容易愛上其他女人」。

望梅止渴

【語誤】

　　如果現在丟開這些基本的書籍不認真苦讀，一心想找秘本，只恐**望梅止渴**，無濟於事。

【評説】

　　看過《三國演義》的人，都會記得「望梅止渴」這個故事。

　　曹操率軍攻打佔據宛城的張繡，行軍途中，天氣炎熱，將士們乾渴難忍。曹操眉頭一皺，計上心來，他揚起馬鞭向遠處指道：

　　「前面有一片梅林，梅子甘酸，可以解渴。」

　　將士們一聽梅子，都不禁流出了口水，提起精神繼續趕路。

　　有趣的是，「望梅止渴」的同義詞「畫餅充飢」，竟是曹操之孫曹叡的創作。

　　曹叡是魏國的第二代皇帝——魏明帝。陳壽《三國志·魏書·盧毓傳》書中記載，有一次，他想找一個適當的人當「中書郎」。他把這件事告訴了

大臣盧毓，並提醒他：

「選舉莫取有名，名如畫地作餅，不可啖也。」
（選舉人才，不要單純看他的名聲，名聲這個東西，
就像在地上畫一張餅，不能用來解餓。）

成語「畫餅充飢」即是由曹叡的話衍化而成
的。

今人以空想作安慰，或空口答應別人的要求，
讓別人空懷希望，卻不能實際解決問題，常用「望
梅止渴」、「畫餅充飢」或連用兩個成語來形容。
例如：

1.《水滸傳》51回：「官人今日見一文也無，提甚
三五兩銀子，正是教俺『望梅止渴，畫餅充飢』！」

2.明‧馮夢龍《警世通言》：「嬌鸞拆書看了，
雖然不曾定個來期，聊當畫餅充飢，望梅止渴。」

兩個成語比較起來，「望梅止渴」較難使用。

上引病例的作者，批評有些年輕人不肯認真苦
讀基礎的讀物，只是到處尋找一些教人走捷徑、求
速成的秘本。這樣做，譏之以「望梅止渴，無濟於
事」，不甚貼切。

改為「欲速不達，事與願違」，會不會好一
些？

處心積慮

【語誤】

在《告別寫真》中，女歌星楊××**處心積慮**改變形象，弄了一頭野性的長鬈髮，更在眼部畫上特別圖案，驟眼一看，竟然有幾分王菲的影子。

【評說】

「處心積慮」是書報上很常用錯的成語之一。

「處心積慮」的意思是「費盡心機，謀劃已久」。例如：

1.魯迅《「京派」和「海派」》：「到這裏又要附帶一點聲明，我列出《泰綺思》來，不過取其事跡，並非處心積慮，要用妓女來比海派的文人。」

2.老舍《趙子曰》：「他日夜處心積慮的把我賣了，他好度他的快活日子。」

3.黎汝清《萬山紅遍》：「這個老大時刻想把老二那份財產拿到手，處心積慮地暗算老二。」

「處心積慮」是個貶義色彩頗為強烈的成語，

暗示居心不良。

　　上引的病例毛病出在：把貶義成語誤作中性用了。

　　把病例中的「處心積慮」改為「刻意」或「別出心裁」，會好一些。

從一而終

【語誤】

因為好姨以前已經有好幾段感情，我希望她與于洋（飾演的角色）的這一次能夠**從一而終**。

【評說】

「從一而終」，按字翻譯，就是跟從一個丈夫，一直到死為止。

依照古代的道德標準，女人不可以嫁兩個丈夫，丈夫死了，便應該終身不嫁，這就叫做「從一而終」。

而電視劇《真情》裏面的好姨，已經有過丈夫，而且有過幾個戀人，就算她與于洋（飾演的角色）的這一次婚姻，是她的最後一次，也不能夠稱為「從一而終」。

喬遷

【語誤】

本公司自2000年1月1日起，**喬遷**中環域多利皇后街×號地下，如蒙惠顧，請移玉步。

【評説】

「喬遷」語出《詩經・小雅・伐木》：「出自幽谷，遷于喬木。」（小鳥從幽谷裏出來，飛遷到高大的喬木上去。）比喻從低窪幽晦的地方遷往高揚明亮的地方去。現在我們常用「喬遷」或「喬遷之喜」作為賀人搬遷新居或官職升遷的語詞。

「喬遷」是恭維的話，只能用在給他人的賀詞之中。

稱自己遷址為「喬遷」，套用一句北方人的話回敬他：「你少臭美了！」

無恙

【語誤】

抱女兒睇醫生證實病情**無恙**　王×閃電復出赴日本宣傳（娛樂新聞標題）

【評説】

「恙」是一個比較生僻的字，指疾病。

「抱恙」即是抱病。「微恙」即是小病。

身體健康沒有毛病，便是「無恙」。古時候人們久別重逢時，第一句問候的話大多是：

「別來無恙？」（別來身體健康嗎？）

王×的女兒既然去看醫生，那就是有病，「證實……無恙」豈不自相矛盾？

這裏說的應該是「證實病情無礙」，或者「證實只是微恙」。

朝令夕改

【語誤】

娛樂圈的人成日都**朝令夕改**，一個好例子就是陳××，有一陣她去返朝九晚五的工，不過不甘寂寞的她，現在又重回娛樂圈了。

【評說】

「朝令夕改」，早上下達的政令，到晚上就更改了。形容政令多變，令人無所適從。例如：

「到新一屆內閣組成以後，朝令夕改，如同兒戲，叫人不知所從。」

可見，能夠「朝令夕改」的人，大小也得是個官兒。而形容娛樂圈的人善變，轉工轉得快，像走馬燈似的，不能說是「朝令夕改」。

無妄之災

【語誤】

有正有邪有天理常在，有怨有情有一些感慨。
冷眼看，慈悲不再。憑着道義來面對**妄災**，
至勇至強理想永存在。（歌詞）

【評說】

「無妄之災」的「妄」字，頗為費解。

語言專家說，「妄」通「望」。「無妄」即是
「不希望」。

「無妄之災」按字直譯，就是「不希望發生的
（卻發生了的）災禍」，義近「飛來橫禍」。

《周易‧無妄》解釋：「六三，無妄之災。或系
之牛，行人之得，邑人之災。」（拴着的牛被路人牽
走，附近的人家平白無辜地受到懷疑和搜捕。諸如
此類的禍事，稱為無妄之災。）

病例把「無妄之災」苟簡為「妄災」，意思變
成「期望中的災禍」，與「無妄之災」的含義完全
相反。

無時無刻

【語誤】

　　1.我們的肥老闆好少開口鬧人，但佢總有好多辦法，**無時無刻**給予各部門阿頭無形壓力。

　　2.政情版組的阿頭對我說，他們**無時無刻**渴望上京採訪。

【評說】

　　「無時無刻」是一個十分淺顯、卻又是報上很常用錯的成語之一。

　　人們使用「無時無刻」，總是想要表達「時時刻刻」的意思，但是忘了「無時無刻」是「時時刻刻」的反義詞，它的意思是沒有一時一刻。

　　如果要想用「無時無刻」來表達「時時刻刻」的意思，那就要記得在「無時無刻」後面加上一個「不」字——負負才能得正嘛！

絲絲入扣

【語誤】

蕭峰的真面目完全露出來，他面孔上的憤懣、怨毒、憎恨、苦澀、不甘、瘋狂，**絲絲入扣**。

【評說】

絲絲，每一根絲線。扣，即是織布機上的主要機件「筘」。「絲絲入扣」按字直譯是：織布時每一條經線都要從筘齒中經過。現在常用以形容文藝表現手法細膩綿密。例如：

老舍《戲劇語言》：「在評書和相聲裏，狀物繪聲無不力求細緻。藝人們知道的事情真多。多知多懂，語彙自然豐富，說起來便絲絲入扣，使人感到親切充實。」

以「絲絲入扣」來形容人臉上的各種表情表露無遺，已經超越了這個成語的使用範圍。

鼎力

【語誤】

　　陳方安生在九七年年底首次以特區政務司長的身分訪問北京時，向副總理錢其琛許諾，公務員對董建華領導下的特區政府作出的任何決定，都會「全力以赴，**鼎力**支持」。

【評說】

　　「鼎力」與「大力」同義，但是它是敬詞，只能用在他人身上。如：

　　1.多謝你的鼎力支持。

　　2.校長感謝各位家長對學校工作的鼎力支持。

　　正因為「鼎力」是敬詞，所以不能夠用於自己身上。自己對人家工作的支持，可以說「全力」，可以說「盡力」，也可以說「竭力」；就是不可以說「鼎力」。

僅見

——

【語誤】

當記者下午兩點半到達「文學講座」會場的時候，**僅見**場面冷清，聽眾零零落落，不足二十人。

【評說】

「僅」雖然與「只」同義，如「僅此一家」也可以說成「只此一家」；可是「僅見」和「只見」並不同義。

「僅見」的意思是極為罕見。例如：

1.這次颱風為害之烈，為香港百年來所僅見。

2.俄國部分空軍和海軍，現在正處於第二次大戰以來所僅見的高度戒備狀態。

上引病例應該用「只見」。

義無反顧

【語誤】

在完成數碼通記者會工作之後，李××**義無反顧**地，馬上與新男友在距離時代廣場不遠的利園約會。

【評説】

上引病例説李××在開完記者會後，便頭也不回地去利園與新男友約會。

「義無反顧」的「無反顧」，雖然也有「不回頭」的意思，但那是用它的抽象義，用以形容為了正義，絕不回頭退縮，勇往直前的決心和氣魄。例如：

馬識途《時代的鼓手——聞一多》：「他還是像一頭勇猛的獅子，怒吼着向着他認為正的方向，義無反顧地奮勇前進。」

可見，「義無反顧」並無「頭也不回」的含義。

「義無反顧」用在李××約會男友的行動上，「義」字沒有着落。

遇人不淑

【語誤】

　　女藝人黃××晚年時，因**遇人不淑**，被她的姨甥女騙取了全副身家，弄致晚景淒涼。

【評說】

　　被姨甥女騙錢，怎麼可以說是「遇人不淑」呢？

　　「遇人不淑」是出自《詩經》的文學典故，《詩經》中的《王風‧中谷有蓷》：

　　「中谷有蓷，暵其脩矣。

　　有女仳離，條其嘯矣。

　　條其嘯矣，遇人之不淑矣。」

　　（益母草啊，生長在山谷裏；

　　天旱無雨啊，草兒枯死。

　　有個女子，被她丈夫離棄；

　　無可奈何，短嘆長噓。

　　無可奈何啊，短嘆長噓：

　　只怨嫁了個負心漢子。）

　　由於「遇人不淑」已被《詩經》固定為「嫁了一個壞丈夫」的意思，因此「遇人不淑」中的「人」，指的一定是壞丈夫，而不可以指其他的壞人。

節哀順變

【語誤】

1.高氏夫婦見到在火災中喪生的子女的屍體時，都慟哭不已，痛不欲生。在旁的醫護人員及保安員不斷安慰二人**節哀順變**，不要胡思亂想。

2.所謂「十步之內，必有芳草」，你還是**節哀順變**吧！

【評說】

「節哀順變」意即節制哀傷，順應變故。

依照這個成語的使用習慣，它只用於慰問父母喪亡的人。

《辭源》語詞分冊（上）第531頁注：

「節哀順變：意謂父母之死是極大的悲哀，但又不要哀傷過度。」

病例1以「節哀順變」慰人喪子，不合此語的應用習慣。病例2拿它慰人失戀，就錯得更加厲害了。

慘敗

【語誤】

報載，中國女籃以69：70，不敵南韓而痛失奧運參賽資格。

（新聞標題）中國球隊以一分之差**慘敗**給南韓

【評說】

只輸一分，怎可以說是慘敗？以一分之差而失去奧運參賽資格，「痛失」兩個字倒是用得非常貼切！

寡婦

————

【語誤】

　　她剛剛被丈夫遺棄，你怎麼可以這樣欺侮孤兒**寡婦**？

【評說】

　　「寡婦」一定要是死了丈夫的。被丈夫遺棄的叫「怨婦」，不叫「寡婦」。

　　而「孤兒」一定要是死了父親或失去父母的。父母離婚，還跟母親住在一起的，也不可以叫「孤兒」。

　　上引的病例或可改為：「她剛剛被丈夫遺棄，還要帶一個孩子，境況已經夠慘了，你怎麼還這樣欺侮他們？」

滾瓜爛熟

【語誤】

好多事情都可以熟能生巧，近年致力在中港台發展的劉德華對於出場亮相此類關目（指戲曲中的表演手段——引者注），已經到了**滾瓜爛熟**的地步……

【評說】

「滾瓜爛熟」是個很淺顯的成語，用來形容朗讀或背誦的熟練、流利，例如：

茅盾《幾個初步的問題》：「能夠理解和欣賞名著者，不一定知道有甚麼『寫作技巧』的規條；而能夠把甚麼『寫作技巧』的規條背得滾瓜爛熟的，不一定能夠理解和欣賞古今名作。」

使用「滾瓜爛熟」的時候，必須留意它只能用於形容朗讀和背誦，而不可以用來形容動作。

而上引的病例，形容劉德華對於出場亮相的動作非常熟練，那只可以說「得心應手」或「易如反掌」。使用「滾瓜爛熟」，則超出了這個成語的使用範圍。

滿載而歸

【語誤】

　　趕看飛機出事的男女，令渡船的船家**滿載而歸**。

【評說】

　　漁家出海打魚，裝得滿滿一船回來，叫做「滿載而歸」。

　　「滿載而歸」，有時也用於抽象意思，比喻收穫很大。例如：

　　「我們這一次到國內考察教育，向同行學習了很多經驗回來，真可以說是滿載而歸！」

　　但是，交通工具——飛機、巴士、渡輪等——滿座，習慣上不可以說「滿載而歸」。

賞光

—

【語誤】

　　難得包大人賞面相邀，學生又怎能不**賞光**赴宴呢？（電視劇《包青天》對白）

【評說】

　　「賞光」和「賞臉」都是用於邀請的敬辭。意即對方肯應邀前來，定會令自己臉上增光。

　　只不過「賞臉」多用於口語，「賞光」則多用於書面。

　　同所有敬辭一樣，「賞光」不可以用在自己身上。如果像上引病例，自己接受別人邀請，說「我一定會賞光赴宴」，那可真叫人笑掉大牙！

齒冷

【語誤】

他們每過一處牢房，便聽聞一些慘絕人寰的呻吟，和令人髮指的酷刑，使人**齒冷**的場面：在第四號牢房裏，其中一個監牢中的囚犯，十指都被斬去，血塗得一地都是⋯⋯

【評說】

「齒冷」即是恥笑。例如：

1.鄭燮《與舍弟第五書》：「近日寫字作畫，滿街都是名士，豈不令諸葛蒙羞，高人齒冷。」

2.方志敏《可愛的中國·清貧》：「但我說出那幾件『傳世之寶』來，豈不叫那些富翁們齒冷三天。」

上引的病例所描寫的慘酷的用刑場面，並沒有甚麼可以令人恥笑的地方。作者顯然是誤用了「齒冷」。這裏應該改為「令人齒戰」(使人驚怖)才是。

此外，病例前一個句子裏的動詞「聽聞」，只能與「呻吟」搭配；而與「酷刑」和「場面」搭配

的動詞則應該是「看到」：

　　「他們每過一處牢房，便聽聞一些慘絕人寰的呻吟，看到令人髮指的酷刑，使人齒戰的血腥場面：……」

墨守成規

【語誤】

這位澳門的資深魔術師向記者說：「一些大型魔術不可以當眾解秘，這是行規。做這一行雖然沒人來監管你，但是大家都心知肚明，**墨守成規**，否則一定玩完。」

【評說】

「墨守成規」是個貶義成語，形容固守舊規，不知變通。例如：

老舍《祝賀》：「任何藝術一旦墨守成規，一成不變，它就會僵化、衰落。」

當我們說到一些規矩——例如校規，雖然那是舊時訂的，但是現在還是必須謹守，我們要說「恪守」或「嚴格遵守」，而不可以說「墨守」或「墨守成規」。

上引的病例就沒有留意到「墨守成規」的貶義色彩。把句中的「墨守成規」改為「嚴格遵守」或「自覺遵守」，會比較恰當。

鋪天蓋地

【語誤】

新片《豪情蓋天》，是「寰亞」繼《飛虎》之後又一**鋪天蓋地**的動作鉅獻。

【評説】

以「天」「地」鑲嵌而成的詞語大都包含有誇張色彩。

在這類詞語中，有的「天」「地」只作襯字，沒有實體意義。例如：「歡天喜地」，誇張地形容歡喜的情狀；「花天酒地」，誇張地形容荒淫揮霍的情狀。

而有的「天」「地」則含有實體意義。例如：「昏天黑地」，誇張地形容天地昏黑的情狀；「鋪天蓋地」則是誇張地形容事物之多，以至把天地都全充滿了。

杜鵬程在《保衛延安》書裏有一段話：

「衛毅帶着二十多個偵察員一口氣跑上山頂。嘿呀！敵人鋪天蓋地的湧來了。他們惡瘋瘋地射擊

着呼喊着，順山梁直向衞毅他們撲來。」

這段話的「鋪天蓋地」誇張地形容敵人數量之多，漫山遍野，到處都是。

替影片創作宣傳語句，當然愈是誇張愈好，「語不驚人誓不休」；但是；誇張也得有個「譜」。例如《豪情蓋天》，你說它是「動作鉅獻」，很少人會去追究它究竟夠不夠「鉅獻」的條件。這麼孤零零的一部「鉅獻」，如何能夠「鋪天蓋地」，這就叫我們想破頭腦也想不出它的道理來了。

錯愛

【語誤】

……簡××也得到東華三院總理的**錯愛**，她在當晚時裝表演中穿着的旗袍由總理高價投得，再轉贈給她。

【評說】

「錯愛」是得到他人賞識、提拔、愛護、憐惜時的自謙語，表示自己當不起。例如：

1.承蒙　　總理先生錯愛，成全了這段姻緣。

2.姚雪垠《李自成》卷二43章：「如今又蒙她如此錯愛，叫俺說甚麼好呢？」

說「錯愛」的必須是受惠人本身，而上引病例的作者卻是在作客觀報道的時候，越俎代庖地替簡××向東華三院總理表示自謙，表達很不得體。

蕩然無存

【語誤】

　　久別重逢，王小美的身形雖然還是瘦削，可是該大的部分卻挺了起來，以往「竹竿」的形象早已**蕩然無存**。

【評說】

　　「蕩然無存」，指破壞得一點蹤跡也沒留下。

　　「蕩然無存」的主語一般要是正面的事物，在說這個正面事物蕩然無存的時候，說話的人或多或少都帶有惋惜的意味。例如：

　　1.假如我們一任赤字預算一直做下去，那麼我們政府的庫存，用不了三五年時間，就會蕩然無存。

　　2.在商場混了幾年，她僅有的那麼一點女性的嫵媚和溫柔，早已蕩然無存了。

　　而上引病例中，「蕩然無存」的主語卻是負面事物——「竹竿的形象」，這就不符合這個詞語的使用習慣了。

獨佔鰲頭

【語誤】

田歸農：捉住四大門派的掌門，我便可以在武林**獨佔鰲頭**了！（電視劇《雪山飛狐》對白）

【評説】

古時候，皇宮前面石階的正中，有一塊雕刻着大鰲的大石板。只有考中狀元的人才可以踏在大鰲的頭上迎榜。

所以，「獨佔鰲頭」也就成了「高中狀元」的同義詞。例如：

1.元·無名氏《陳州糶米》：「殿前曾獻昇平策，獨佔鰲頭第一名。」

2.《三俠五義》第23回：「范兄若到京時，必是鰲頭獨佔了。」

後世也以「獨佔鰲頭」泛指得到第一名。例如：

劉紹棠《草莽》：「葉雨，學如逆水行舟，不進則退；你雖然在三千人中獨佔鰲頭，可要記住滿

招損，謙受益……」

　　從使用習慣上看，「獨佔鰲頭」只適用於「文鬥」，而不適用於「武鬥」（包括武術、體育、技藝方面的比賽）。學術問答比賽冠軍、作文比賽冠軍、會考第一名，可以説「獨佔鰲頭」；但是武術比賽冠軍、籃球比賽冠軍、歌唱比賽第一名，説「獨佔鰲頭」就不符合表達習慣。

　　上引例句，田歸農可以説「捉住了四大門派的掌門，我便可以獨霸武林」，卻不可以説「捉住四大門派的掌門，我便可以在武林獨佔鰲頭！」

彌留

【語誤】

彌留時想你的心（文章標題）

【評說】

《明TEENS》第六期的「散文特區」，刊登孔××中學WING寫的一篇文章，題目叫做《彌留時想你的心》。

文章寫「我」和一個男孩子熱戀，但是那個男孩子最後變了心，捨「我」而去。文章末段說：

「我想，待我年老的時候，顫危危（應是顫巍巍）的雙手可能仍會握着你從前送給我的禮物。我希望你會明白，它們仍然會震撼我的心靈。這種感覺不是代表我仍然愛你，而是會令我依稀記得，從前有一個人，曾經付出並真心感動過我。」

很明顯，作者把「彌留」理解為「老年的時候」，所以才有那樣的標題。

天哪，那可真是天大的誤解！

所謂「彌留」，指的是人臨終前的一段時間，

如「老奶奶彌留時神志仍然清醒，只是已經説不出話來。」

　　作者是學生，不了解「彌留」的意思並不奇怪，奇怪的是連雜誌的編輯也不明白。

罄竹難書

【語誤】

原來想編寫的這本書叫《九十九種情》。竟夢想把人世間情一網打盡。寫下來，才醒覺單是「一種情」——叫兒女私情吧——已是**罄竹難書**。

【評說】

罄，qing4，粵音慶；用盡。

「罄竹難書」是一個典故，出自隋末李密組織的瓦崗起義軍聲討隋煬帝的檄文：

「罄南山之竹，書罪無窮；決東海之波，流惡難盡。」(見《舊唐書‧李密傳》) 大意是說：伐盡南山的竹做簡，也寫不盡這個暴君的罪過；傾盡東海的水，也洗不盡他的惡行。

「罄竹難書」與「擢髮難數」、「罪惡滔天」同義，貶義色彩至為濃烈，只能用於形容罪惡之多。

也曾有辭典把「罄竹難書」解釋為「形容數量之多，書寫難盡」，由貶義成語改為中性成語。這正像要替一個血債纍纍的黑社會頭子「洗底」一

樣，談何容易！

　　上引例句說的意思是：

　　「單是兒女私情就已經難以盡書了。」

　　既然所說的不是罪惡，也便不宜出動超重量級的貶詞「罄竹難書」了。

勵精圖治

【語誤】

1.馬會行政總裁黃至剛**勵精圖治**，要由教育做起，端正騎師德行，請來歐陽英昌校長搞好見習騎師的德育。

2.當記者走進這家出版機機的總經理室時，看見有一條寫「**勵精圖治**」四個大字的橫幅掛在當眼的牆上，總經理說，這是他剛上任時自己寫來勉勵自己的。

【評説】

「勵精圖治」，意思是振奮精神，力求把國家治理好。

它是一個極為高檔的成語，舊時只限用於帝王，現時也只限用於中央政府及國家的主要領導人。例如：

「要是這位新的國家領導人再不勵精圖治，下決心革除政府中的貪污腐敗的積習，那麼這個國家便沒有希望了。」

　　一家機構的總裁或總經理使用這個成語，還遠遠不夠級數。

擲地有聲

【語誤】

1.岳峰説來慷慨激昂，**擲地有聲**，白玉樓不禁為之動容不已。

2.白雪仙是一座精細錦簇**擲地有聲**的主題公園，任劍輝卻是風光如畫的天空之城。掌握主題公園，當然比處理天空之城切實輕省。

【評説】

據《晉書‧孫綽傳》記載，晉代孫綽博學善文。有一回，他寫了一篇名叫《天台山賦》的文章，自己覺得非常滿意，便拿給好友范榮期欣賞，説：

「卿試擲地，當作金石聲也。」（你試把它扔到地下，它必定會發出鐘磬一般美妙的聲音來的。）

後世因以「擲地有聲」或「擲地作金石聲」來形容文章的文辭優美，音韻鏗鏘。

必須留意的是，「擲地有聲」或「擲地作金石聲」只限用於形容文章。

　　上引例句1用它來形容說話，已經超越了這個成語的使用範圍了。況且，說話本身已經「有聲」，何須「擲地」？

　　至於例句2用「擲地有聲」來形容「主題公園」，就更是「大纜都扯唔埋」了。

雙贏

【語誤】

那些沸沸揚揚抨擊特區政府不要求引渡案中人物回港受審的人士，其實處於**雙贏**局面：若成功，則說是民主力量又一次勝利；若失敗，則說是顯現港府的無能。

【評說】

「雙贏」是近幾年出現的新詞，指在一場爭鬥中，兩個方面都贏得勝利。使用「雙贏」這個詞，一定要有對立的兩個方面。例如：

「香港和新加坡互相競爭的結果，未必相拒，兩敗俱傷；最後可能兩個地區都在競爭中更快地進步，取得『雙贏』的局面。」

而上引的例句，句中只有一個方面——「抨擊特區政府政策的人士」，這就缺少了使用「雙贏」這個詞的前提。病例或可改為：

「那些抨擊特區政府不要求引渡案中人物回港受審的人士，無論今後的事態向哪一個方面發

展，他們都可以左右逢源，立於不敗之地：若成功，則説⋯⋯」

難再

【語誤】

兩軍干戈**難再**（報紙標題）

【評說】

「難再」的意思是「不能夠再有」，它含有惋惜的細微意味，如：良機難再、青春難再、此情難再。

上引的報紙標題說的是由於中美兩國改善關係，兩國的軍隊干戈相向的可能性已經大大降低。中美兩個大國之間的敵意渙然冰釋，是值得全世界人民慶幸的大好事，在這裏用帶有惋惜意味的「（干戈）難再」很不妥當。

轟然

【語誤】

　　各人有好一會的沉默，獨裁者才道：「照你的假設，外星人若是要對付甚麼人，那人絕不能抵抗了？」

　　我**轟然**道：「對！不然，甚麼叫『天譴』呢？……」

【評說】

　　「轟然」習慣上用來形容：

　　1.打雷、發炮、塌牆一樣的響聲，如：轟然巨響。

　　2.很多人發出的笑聲。如：轟然大笑。

　　一個人說話，無論多麼大的聲音都稱不上「轟然」。

轟轟烈烈

【語誤】

1.善惡到頭終有報，子浩害人害物，落得被警方開槍狂掃的下場，倒也算死得**轟烈**。

2.愛得**轟烈**愛得快　三段婚姻拖拖拉拉

——一女侍三夫到頭空餘恨（報紙標題）

【評說】

漢語中的成語，大多經過濃縮而凝成固定、不可更易的四字格式。除了極少數成語可以再簡縮為兩個或三個字（如：杞人憂天簡縮為「杞憂」，冰清玉潔簡縮為「冰玉」，泰山北斗簡縮為「泰斗」，入幕之賓簡縮為「入幕賓」等等），成語是不可隨意苟簡的。

例如：不可以把「熙熙攘攘」苟簡為「熙攘」，把「卿卿我我」苟簡為「卿我」，把「期期艾艾」苟簡為「期艾」。

同樣，「轟轟烈烈」也不可以苟簡為「轟烈」。

「轟烈」這個錯誤的苟簡，在港地頗為流行，值得大家留意。

囊括

【語誤】

　　張天王**囊括**多項大獎，成了今個年度「中文金曲」頒獎禮的大贏家。

【評説】

　　「囊括」的意思是以囊括物。

　　見過無牌小販擺地攤嗎？他們把擺賣的東西用一大塊布墊着，一見到警察走來，他們把那塊墊布四周穿着的繩索一緊，墊布馬上變成一個大布袋，把擺賣的東西全部包裹在內，背着就走。

　　這就是「囊括」。

　　「囊括」用以比喻把物件統統包括在內。

　　必須留意的是，「囊括」一定要是全部的物件，少一件也不可以叫做「囊括」。

　　十個獎得到九個，也不能説是「囊括」。

　　張天王既然不是拿走全部大獎，就不可以説是「囊括」。

麟兒

【語誤】

1.鬼差大哥，請求你們等我產下**麟兒**，才跟隨你們返回陰曹地府。（電視劇《聊齋2．鬼母癡兒》中的對白）

2.李生的妻子六星期前又再偷渡來港，誕下**麟兒**，後獲入境處發行街紙，並須每星期報到一次。

【評說】

麒麟是古人想像出來的吉祥獸，也用來比喻傑出的人物。「麒麟兒」乃對他人幼兒的美稱，誇讚幼兒他日必定成為不平凡的人。

「麟兒」是「麒麟兒」的簡說。

美稱和敬稱一樣，帶有恭維意味，只可以用於對方或他人，不可以用在自己身上。

上引例句1把自家的兒郎叫做「麟兒」，正如候選港姐自稱「佳麗」一樣，有點「老鼠跌落天秤——自稱自」的肉麻味道！

至於上引例句2是客觀的新聞報道文字，為甚

麼會忽然無端端把一個偷渡客生下的孩子，恭維地
稱為「麟兒」，也着實叫人「丈二金剛——摸不着
頭腦」。

戀棧

【語誤】

　　就算夜景再迷人，到了這個時候，光子也無心**戀棧**了，她匆忙地沿着山徑，趕回姨母的家去。

【評說】

　　「戀棧」是一個比較生僻的典故。

　　魏明帝死後，大將軍曹爽跟權臣司馬懿明爭暗鬥，都想獨攬大權。

　　魏齊王嘉平元年（公元249年），曹爽隨少帝曹芳離開京城去拜謁魏明帝的墓陵，司馬懿乘機發動軍事政變，佔領了都城洛陽。而後派人誘說曹爽回城，假說只要曹爽交出兵權，便仍舊可以享受榮華富貴。

　　這時，司馬懿的親信桓範卻私出城門，往投曹爽，司馬懿聽得桓範走了，大驚說：

　　「智囊跑了！」

　　司馬懿的謀士蔣濟卻鎮定地說：

　　「範則智矣，駑（nu2）馬戀棧豆，爽必不能用

也。」(桓範雖然足智多謀，但是曹爽像是貪吃槽裏豆料的劣馬一樣，目光短淺，他一定不會採納桓範的計謀。)

事態的發展果如蔣濟所料。

桓範勸曹爽不要上司馬懿的當，速同少帝曹芳去許昌，招外兵勤王，討伐司馬懿。但是曹爽貪戀祿位，以為交出兵權以後，仍舊可以做個富家翁。於是不聽桓範之計，便放棄了抗爭，向司馬懿投降。結果全家遭司馬懿殺戮。(見《三國志‧曹爽傳》「爽必不能用範計」《注》)

「戀棧」即是從「駑馬戀棧豆」一句濃縮而來，後世的人用以譏刺人目光如豆，貪戀眼前的名利地位。例如：

1.《老殘遊記》第七回：「此公已保舉到個都司，軍務漸平，他也無心戀棧，遂回家鄉，種了幾畝田，聊以度日。」

2.巴金《探索集‧作家》：「到該讓位(指讓出全國作協主席之位)時候，我絕不戀棧。」

上引病例把「戀棧」當成「留戀」「流連」的同義詞，是對這個詞的詞義完全不了解所致。

為甚麼會用詞不當？

語誤，是一個籠統的説法，指遣詞造句方面的毛病。

實際上，語誤有很多種類：用詞不當啦，語法錯誤啦，修辭欠妥啦，邏輯混亂啦，等等，等等。

本書集中討論的是用詞不當。讀完本書的正文之後，我們可以來討論一下，為甚麼會用詞不當呢？

分辨不清褒貶義

最常見的原因是，辨不清詞語的感情色彩。例如：

1.在目前情況下，要行政、立法兩局保持良好的合作關係殊不可能，**同一鼻孔出氣**則更是奢求。

2.作東道的中國學生各施**伎倆**，為各地選手表演國藝。

3.我反映廣大市民的意見，包括**三教九流**，反對終審法院的判決。

4.原來想編寫的這本書叫《九十九種情》，竟

夢想把人世間的情一網打盡。寫下來，才醒覺單是「一種情」——叫兒女私情吧——已是**罄竹難書**。

以上各例，都是誤將貶義詞當成褒義詞使用。

還有一種常見的語誤，就是把像「賞光」「喬遷」「鼎力」「麟兒」這些帶有強烈恭維意味的詞語用到自家身上，很有點「自讚自」的肉麻味道，叫人聽了噁心。

對詞義不求甚解

其次，對詞義理解不深入，不全面。例如：

1.今年開春，石排灣發生一起癲兒弑母的倫常慘案。兇兒將母親之**首級**由住所拋落街……

2.夏蕙姨主動上前關心一個睡在地上的乞兒，且問對方要不要錢，乞兒回答：「不要，我知道你是誰，黃夏蕙嘛！」說罷便執拾**細軟**「搬竇」。

3.抱女兒睇醫生證實病情**無恙**　王菲閃電復出赴日宣傳（娛樂聞標題）

例1誤以為「首級」等同「頭顱」；例2把「細軟」誤解為「細碎雜物」；例3則誤將「無恙」當成「無礙」使用。

超越適用範圍

第三個原因：超越詞語的適用範圍。

在應用詞語的時候，我們必須明白：每一個詞語都有它的使用限制，沒有一個詞語是「萬能」而可以「百搭」的。

例如，「兩小無猜」是有年齡限制的，一過了童年，就已經不能再使用「兩小無猜」這個成語。（見本書第 76 頁《兩小無猜》）

又如，「美輪美奐」只能用來形容高大雄偉的建築物，如果用它形容小件器物，就已超越它的使用範圍了。（見本書第 88 頁《美輪美奐》）

再比如，「天花亂墜」只限於形容說話，如果要拿它來形容書寫，也就屬於「越界使用」了。（見本書第 34 頁《天花亂墜》）

不明白使用習慣

不明白詞語的使用習慣，也是用詞不當常見的原因。

例如「方圓」所指的範圍，習慣上起碼都要十里八里以上，要是你說「一吋乘三吋方圓」，那可笑掉人的大牙了。（見本書第 23 頁《方圓》）

又如「逝世」，習慣上只用於人，如果貓貓狗

狗的死也叫「逝世」，聽了難免教人啼笑皆非。（見本書第116頁《逝世》）

再比如「彌留」，指人臨死之前的一段時間，它習慣上要等人死了之後才能使用。假如人還活着，病情稍稍危急，你就開始說他在彌留的時候如何如何。要當心那個人還可能活上十天半個月，甚至一年半載；到時候，你可能被迫說他在第二次、第三次彌留的時候如何如何了。可是，一個人只可以有一次彌留呀！（參見本書第155頁《彌留》）

粗心大意

最後一個原因，是輕忽，粗心大意。例如：

1.黃花道長對她們的話**不屑一顧**，四野無人，他要如何便如何。

2.那鏢頭探入西房，經過一個有淺藍紗帳的房間。他**聽**到呵氣如蘭。

3.他們每過一處牢房，便**聽聞**一些慘絕人寰的呻吟，和令人髮指的**酷刑**，使人齒冷的**場面**：在第四號牢房裏，其中一個監牢中的囚犯，十指都被斬去，血塗得一地都是⋯⋯

4.其中一位到場認屍的女士在殮房內不斷放聲大哭。**估計**她**肯定**認識死者，並可能是其失蹤的丈

夫。

例1：「話」是不能用「顧」的；例2「呵氣如蘭」是不能用「聽」的；例3「令人髮指的酷刑」和「使人齒冷的場面」不能用「聽聞」。例4的「估計」後面，不能説「肯定」。「估計」只是猜猜而已，怎麼能夠一口咬定「她肯定認識死者」呢？

像這類錯誤，只要作者稍再認真巡讀一次，是完全可以避免的。

很可惜，坊間沒有一部辭典，替讀者逐個字、逐個詞標明它的細微含義、褒貶色彩、適用範圍及其搭配習慣，所以，勤查辭典並不能幫助我們避免語誤。

要避免語誤，唯一的辦法是培養敏鋭的語感。——須知道造成語誤的五個原因，除了最後一個原因之外，前面列舉的四個原因都是由於「語感遲鈍」所引致。

而敏鋭的語感，要靠長期、大量的閱讀浸淫出來的。這箇中的道理，已經有許多前賢論述過了，毋庸我再在這裏嘮叨。

讓我們互相共勉：在工作百忙中，堅持抽空閱讀吧！

音序索引

作者簡介

　　莊澤義，出版社文字顧問。長期從事中國語文教育、辭書編纂以及語文讀物的編輯工作；其語文編著以嚴謹與實用見稱，近年主要編著有《提高學生的中文寫作水準》《字詞是非》《傳媒成語病例》《港人別字》以及《古詞經典今譯》《宋詞》等。